最下位魔女の私が、何故か一位の騎士様に選ばれまして1

シロヒ

Shirohi Presents

fairy kiss

この作品はフィクションです。
実際の人物・団体・事件などに一切関係ありません。

最下位魔女の私が、何故か一位の騎士様に選ばれまして1

fairy kiss

プロローグ

「それではこれより、パートナー選考を開始する。ランスロット、前へ」

「はっ！」

名前を呼ばれた青年が、堂々とした足取りで進み出た。

太陽の光を受けた銀髪はキラキラと輝いており、瞳はサファイアを思わせる深い青色。

切れ長の瞳とまっすぐ通った鼻筋を見れば、あまり人の美醜に関心がないリタであっても、人並み以上の美形であると識別できる。

彼が歩み出した瞬間、列を作っていた女子たちが一斉に色めき立った。

「見て！　ランスロット様よ!!」

「本物ですわ……なんてカッコいいのかしら」

「しかも公爵令息なんでしょ？　見初められたい～！」

「ああ……一度でいいから、あの青い瞳で微笑みかけてくださらないかしら……」

「入試の成績、学科も実技も満点だったんですって。学園始まって以来の天才だと、先生方が驚いているそうよ」

「さすがですわ。わたくしをパートナーに選んでくださらないかしら……」

「無理よ。だって毎年、それぞれの科の一位同士がペアを組むのが慣例なんでしょ？」

「ではやはり、魔女科一位のリーディア様がパートナーに……」

憧れ、羨望、好意。

様々な思惑が入り交じるそれを聞きながら、リタはぼんやりと空を見上げる。

今日も雲一つない快晴だ。

（……早く終わらないかな……）

ここはオルドリッジ王立学園。

優れた『騎士』と『魔女』を養成するための場所だ。

緑豊かで広大な敷地には、全四棟からなる立派な学び舎。それらを繋ぐように回廊があり、今いるのはその中央にある巨大な中庭である。

先ほど講堂での入学式を終え、騎士候補がパートナーとなる魔女候補を指名するという行事のため、入試成績順に並んでいるところだ。

その最後尾——つまり最下位のリタは、ふわあとあくびを嚙み潰す。

（うーん、眠たい……）

ボリュームのある茶色の髪はどんなにくしけずってもまとまってくれず、目はありふれた緑色。

顔立ちだって平凡で、身長も体重も平均以下しかない。

眼鏡の下でしょぼしょぼになっている目を、ごしごしと無造作にこすった。

（パートナーを選ぶ……っていっても、どうせ私は最後の方だろうし……）

ぼーっとした頭のまま、自身が並んでいる列の前方に目を向ける。

美しい水色の髪をきっちり巻いた令嬢を先頭に、皆良家の出を思わせる女子たちが、ランスロットを前にどこかそわそわとした様子で立っていた。

リタの隣にいる背の高い赤毛の女子も、ひどく緊張した様子で唇を噛みしめている。

（やっぱりちょっと夜更かししすぎたかな……。でもアインシュヴァルの最新魔法理論が面白すぎて……あの術式、もう少し書き換えたらきっと——）

図書館でたまたま発見し、ついつい閉館間際まで読み込んでしまった魔法書を思い出し、リタは下を向くと、うふふと口元をほころばせる。

するとその足元に突然、一回り大きな影が落ちてきた。

慌てて顔を上げると、そこには先ほどの銀髪の青年が立っている。

「…………」

「あ、あの？」

目の前に立ったまま睨みつけてくるランスロットを前に、リタははてと首を傾げる。

すると彼はようやく、その形の良い口を開いた。

「リタ・カルヴァン。君をパートナーに指名したい」

「えっ？」

リタは最初、言われた言葉が理解できなかった。

一方、周囲にははっきりと聞こえていたらしく、女子たちが口々に絶叫する。

「ど、どういうことですの⁉　どうしてそんな、最下位の子に⁉」

「まさかランスロット様の知り合い？　そんなはずないわよね。あんなみすぼらしい格好で」

「嘘ですわ、信じられませんわ、きっとこれは悪い夢ですわ！」

「ランスロット様～！　どうか思いとどまってくださいませ～‼」

「どうして一位のランスロット様が、ビリの魔女候補なんかに――」

(ひ、ひいいい……⁉)

堪え切れない怒りの丈をぶちまける者、目が合うだけで殺されそうな視線を送ってくる者、シルクのハンカチを噛みしめる者など――静寂に満たされていた中庭が、一瞬で阿鼻叫喚の地獄に変わる。

反対側に並んでいた男子生徒たちも意外だったらしく、あちこちから「嘘だろ？」「普通は一位を選ぶもんじゃね？」という疑問とも動揺とも取れる声が聞こえてきた。

(なんで⁉　どうして⁉)

周囲から向けられる、痛いほどの視線と言外の圧力。

一気に注目の的となってしまったリタは言葉を失い、全身からだらだらと嫌な汗をかく。

すると返事がないことを不思議に思ったのか、ランスロットが再度問いかけた。

「おい、聞こえなかったのか？」

「えっ⁉　い、いえ！　でもあの、どうして……」

「この学園では、騎士科の成績上位者から優先的に、自分のパートナーとなる『魔女』を指名できる。だから君を選んだ。それだけだが？」

「そ、それは知ってます。でもどうして……」

もごもごと口ごもるリタの様子に、ランスロットはわずかに眉根を寄せた。

ぐっと距離を詰めると、上から見下ろすようにリタをねめつける。

「悪いが君に拒否権はない。騎士側の指名は絶対だ」

「え、えええ……」

「さっさと答えろ。イエスか、はいか」

（せ、選択肢になってませんけど⁉）

だがランスロットの圧はすさまじく——リタは抵抗を諦めると、こくこくっと小動物のように頷いた。その瞬間、再び周囲に悲嘆とも嫉妬とも取れる女子たちのざわめきが巻き起こり、リタは心の中で絶望する。

（ど、どうしてこんなことに……）

こちとら学科も実技も文句なしの最下位。

着ている制服は卒業生が置いていったボロボロのおさがり。

使っている杖だって、先生から借りたレンタル品だ。

（私はただ、静かな学園生活を送りたかっただけなのに……！）

こわごわとランスロットの方を見上げる。

彼はリタの視線に気づくとわずかに目を細め——そのままふいっとよそを向いた。
(ぜ、絶対無理……。仲良くなれる人種じゃない……)
リタはどんよりとした顔つきで、思わずうなだれる。
こうして、リタ・カルヴァンの穏やかな学園生活は早々に終わりを告げたのだった。

第一章　伝説の魔女、ヴィクトリア

深い森の中。

多くの木々の隙間から陽光がまっすぐに差し込んでいる。

その中でも一際大きな木の根元に、古びた木棺が置かれていた。周囲にはつたが生い茂り、表面はところどころ苔むしている。蝶番には錆が浮かんでいた。

次の瞬間――静寂に満ちたその場所に「ばこっ」という打撃音が響く。

音は棺の中から聞こえており、次第に大きくなっていた。ダンダン、ドンドンドンと激しく棺が揺れ、やがてばかんっと蓋が外れる。

それとほぼ同時に、中にいた若い女性が勢いよく起き上がった。

「あーっ、焦ったー‼　まさか、つたが絡みついて開かなくなるとは……」

無理やり引きちぎってしまった植物たちに謝りつつ、女性はそっと棺から立ち上がる。

夜空を思わせる艶やかな黒髪。深い青色の瞳。

紺色のローブの上からでも分かる、豊かな胸にくびれた腰。

女性らしい、柔らかな曲線を描く体。

「この感じ、大体二十歳の頃に近いわね。んーっ、肩こりも腰痛もないし、手の震えもない。若返り、最高ーっ!!」

細い手足をめいっぱいに伸ばし、甦った肉体をあらためて実感する。

だがそこでふと、手元の視界がぼやけていることに気づいた。

「……いけない、老眼の調整までは術式に組み込んでなかったわ」

上下の瞼を限界にまで狭めてみるが、やはり不明瞭のままだ。

仕方なく、棺の中に手を突っ込む。

中にはフレームがぼろぼろになった丸眼鏡があり、手慣れた様子で耳にかけた。

「とりあえずこれでっと。それにしても……」

再度、棺の中を覗き込む。

その内側には、非常に複雑な魔法の術式がびっしりと刻まれていた。

「本当に成功するとは思わなかったわ。理論上は可能だと思っていたけど、おそらく魔法史史上初の魔法だったし……」

そこで突然、女性の腹からぐうーっと気の抜けた音が鳴った。

途端に空腹を思い出したのか、女性はすぐに両手でお腹を押さえる。

「……まずは、何か食べようかな」

今から森にあるものを探して調理、というのは少々面倒だ。

女性は衣服の破れがないことを確認すると、足元にあった木の枝を適当に拾い上げた。

「風の精霊よ、どこか近くの街まで連れていってくれる？」

するとただの木の枝が、ふわっと宙に浮かび上がった。

ほどよい高さにまで下りてきたそれに腰かけると、女性は優雅に空へと舞い上がる。

腰の下まである髪が、風でふわりとたなびいた。

◇

しばらくふよふよと空を進んでいくと、やがて眼下に大きな街が見え始めた。

周囲は立派な市壁に囲まれており、中央には教会。そこを基点に、いくつかの通りが広がっている。

「すごーい、ずいぶん立派になって……」

昔はここまでなかったのにと衝撃を受けつつ、女性は市門の近くへと降り立つ。

そのまま空から壁を越えてもいいが、地上の誰かに見られたら厄介だ。

市場に向かう農民や行商人、教会を目指す巡礼者たちに紛れ込もうとしたところで、はたと周囲からの視線に気づく。

スタイル抜群のうら若き女性がたった一人。

そのうえ身にまとっているローブは、経年劣化によってあちこちボロボロだ。

「あー……さすがにこのままだと良くないかな……」

近くの茂みに隠れると、パン、と軽く手を叩く。

杖があればもっと簡単なのだが、あれは若返りの儀式の対価として捧げてしまった。

「土と水の精霊よ——髪は可愛らしい野ウサギのように。目は朝露をたたえた葉っぱのように。顔と体は誰からも警戒されない、脆くて小さなかよわきものに」

歌うように唱えると、そのまま両手を頭上に伸ばす。

ぽん、ぽん、ぽん、と上から順に触れていくと、あっという間にそれぞれの部分が変化した。

グラマラスで妖艶だった大人の女性はいなくなり、代わりに華奢でちんまりとした小動物のような少女が出現する。

「これでよし、と」

丈の余った袖をまくり、少女はてててっと街道に出た。目の前を歩いていた商団の馬車にこっそり近づくと、さも一行の仲間のような顔をして歩み始める。

案の定、役人から特にとがめられることもなく、すんなりと街へ入れた。

「さーて、何食べようかなー」

石で舗装された通りを散策していると、やがて街の中央にある教会の前へと出る。ちょうど教義の時間なのか、開かれた扉の向こうには多くの人がひしめいていた。

興味を惹かれた少女が近づくと、タイミングよく奥の方で聖職者が語り始める。

『——遥か昔、この世界に冥王という恐ろしい存在が出現しました』

「……！」

覚えのある単語を聞き、少女はどきりとしながら教会の中に入る。

正面に飾られていたステンドグラスには恐ろしい姿の冥王とそれに相対する二人の若者、そして一人の女性の姿が描かれていた。

『冥王は村や街を攻撃し、人々を混乱の渦に陥れました。このままでは大陸全土が冥王の支配下に置かれてしまうと危惧した当時の国王陛下は、国中から武に長けた若者を呼び集め、冥王討伐のための勇者として送り出したのです』

だが冥王の力は強大で、多くの勇者が犠牲となった。

しかし長い年月を経てついに、冥王を倒す者が現れたのだ。

『今からおよそ三百八十年前、勇者・ディミトリ様は幼なじみである修道士・シメオン様とともに旅立たれました。その後、冥王討伐にはそのお力が絶対に必要だと——偉大なる伝説の魔女・ヴィクトリア様のもとを訪れたのです』

（うっ……なんかすごい肩書きになってる……）

ヴィクトリア——かつて呼ばれていた自身の名前を思い出す。

まさかその伝説の魔女が、生きてこんなところに突っ立っているなんて誰も思うまい。

（でも懐かしいな……。はじめて彼らに会った時は、本当にびっくりしたもの——）

目を瞑ると、今でもその時の光景がありありと思い出せる。

当時、不思議な力を持った女性は『魔女』と呼ばれ恐れられていた。

その異質さゆえに周囲から迫害され、ヴィクトリアもまた、人が立ち入ることのない深い森の奥でひっそりと暮らしていたのだ。

だがそんなある日、彼女のもとに二人の男性が訪れた。

彼らは勇者《ディミトリ》と修道士《シメオン》だと名乗り、一緒に冥王を倒してほしいと頼んできたのだ。

（最初は、絶対ヤダって思っていたんだけど……）

そんな危険なことはごめんだと、ヴィクトリアはすぐに断った。

しかし彼らは諦めが悪く、その日からヴィクトリアの家の隣で野宿を始めた。

せっせと食料を取ってきたり、作った食事を分けてくれたりと、ヴィクトリアはそこではじめて、人とともに暮らす楽しさを知ったのだ。

笑い、歌い、悲しみを共有し。

三人での生活がかけがえのないものになった頃。

いつの間にかヴィクトリアは——勇者・ディミトリに恋をしてしまったのである。

（……まさかこの私が、誰かを好きになるなんて……）

あらためて、正面のステンドグラスに目を向ける。そこには凜々しい出で立ちの青年が描かれており、ヴィクトリアはそっと目を瞑った。

今でもはっきりと思い出せる、お日様のような明るい金髪。無邪気で少年のような笑顔。

人々のために冥王を倒したい、と語る勇者の眼差しはまっすぐで、ヴィクトリアはもっと彼の役に立ちたい、傍にいたいと思うようになった。

こうして彼女は、冥王討伐パーティーに加わったのだ。

『ヴィクトリア様はその強大なお力をもって、戦いに向かう勇者様と修道士様をお守りくださいました。その結果、見事冥王を打ち滅ぼすことに成功したのです！　勇者様はヴィクトリア様にいたく感謝し、今後もそのお力を国のために捧げてくれるよう頼みました』

（……そう。そのおかげで、私たち『魔女』の地位は向上した——）

冥王討伐というめざましい功績と他ならぬ勇者からの口添えもあり、これまで忌避されていた『魔女』たちは途端に民たちから尊敬されるようになった。

『魔女』であることを秘密にしていた女性たちも口々に名乗り出るようになり、ヴィクトリアもまた王都で暮らすことを許されたのである。

しかし——。

『その後、勇者様は王女・エレオノーラ様と結婚され、長くこの国を治められたと言われております。ご一緒に旅をされていた修道士様は授爵され、ご自分の夢であった救貧院を設立。そして伝説の魔女様は——勇者様が亡くなったのを最後に、ひっそりとどこかに姿を消したと言われております』

「…………」

当時を思い出しながら、ヴィクトリアは一人静かに俯いた。

（——ほんと、バカみたいよね。私……）

冥王を倒すまでは彼の負担になりたくないと、その気持ちを隠し続けていた。

そうしてようやく目的を達成し、思いを伝えられると思った時にはすでに、彼は王女と親しい関係になっていたのだ。

(勇者様が求めていたのは私じゃなくて、私の力だけだったのに……)

勇敢で誠実な勇者と、見目麗しいお姫様。

二人がお似合いなのは誰の目から見ても明らかで――ヴィクトリアは結局、本当の思いを一度として彼に伝えることができなかった。

やがて彼らは結婚し、勇者・ディミトリは王になった。

(でも私は本当に、彼のことが好きだった――)

失恋してもなお、ヴィクトリアは王都に残って勇者を支え続けた。

彼の治める国が少しでも豊かになればとその知恵を貸し、技術を広めたのだ。

そんなヴィクトリアの『魔法』により、国民たちの生活はさらに充実し、それは元・勇者であった国王陛下と、他の『魔女』たちの地位を確固たるものとした。

その後、国王夫妻のもとに可愛い男の子が生まれる。さらに女の子、男の子と生まれ、王家は絵に描いたような幸せな家庭となった。

そうして数十年が過ぎた頃――老いた元・勇者はついに息を引き取った。

その時ヴィクトリアは七十歳になっていた。

(……あの時ようやく、王都を離れる決心をしたのよね……)

不思議なことに、膨大な魔力を内に秘めた彼女の見た目は、冥王を倒した時となんら変わりない美しいものだった。力の強い『魔女』は不老長命である――それを知った人々は、今後もこの王都に残り、自分たちを助けてくれるようヴィクトリアに頼み込んだ。

だが勇者がいなくなったこの場所に留まる理由はもうないと、ヴィクトリアはひっそりと表舞台から姿を消したのである。

（いくら待ったところで、実るはずがない恋だったのに……ほんと、情けない）

ヴィクトリアはうんざりとした様子で、そうっと教会をあとにする。大通りを歩きながら、指を折ってこれまでの年数を数えてみた。

「でもさっき、三百八十年前に冥王を倒したって言っていたわよね……。じゃあ私はあの棺で、三十年近く眠っていたことになるのか……」

王都を離れ、森での生活に戻ったヴィクトリアのもとに「伝説の魔女の師事を受けたい」と多くの魔女たちが訪れた。

ほとんど断っていたヴィクトリアだったが、特に魔力が強かった三人の女の子たちだけは無下にできず、引き取って大切に育てた。彼女たちはそれぞれ立派に成長し、皆時期が来れば独り立ちしていった。

そうしてヴィクトリアは、結局三百七十歳まで生きた。

肉体はすっかり衰えており、まもなく命が尽きると確信した。

だがその瞬間、ヴィクトリアはこれまで誰も試したことのない一世一代の大魔法——『肉体再構築の術』を試してみようと思い立ったのだ。

そして魔法は見事——成功した。

「三百七十歳の体から二十歳の体……。てっきり同程度の年数が必要かと思っていたけど、単純な経過年数を逆行するわけではないのね。勉強になったわ」

あらためて、小さな手のひらをぐっぱと開く。

うっかり勇者に恋なんてしてしまったせいで、柄にもなく冥王との戦いに参加し、若き青春時代を国への奉仕に費やしてきた。出たくもない会議に出て、興味のない魔法を開発し、王宮で毎日働かされ続けたのだ。

本当はもっと自由に生きて、好きな魔法の研究がしたかった。

(愛だの恋だの、そんな浮ついた気持ちに振り回されるのはもうたくさん！　今度こそ、後悔のない素晴らしい人生を生きるのよ！)

己に活を入れるかのように、ヴィクトリアはぐっと拳を握りしめる。

すると突然、背後から声をかけられた。

「おや、君も王立学園の入学希望者かい？」

「えっ？」

慌てて振り返る。

そこにいたのは穏やかそうな青年で、彼は持っていたチラシをヴィクトリアに手渡した。

「はいこれ。じゃあ早速だけど、魔力測定してみようか」

「え、あの、魔力測定って」

「潜在的な魔力の量を測るんだよ。『魔女』になるにはそれなりの魔力が必要なんだけど、そこまで多くの魔力を持つ女の子はなかなかいなくてね。王立学園では貴族・平民を問わず、才能のある子を広く探しているんだ」

「は、はあ……」

すらすらと説明している間にも青年はヴィクトリアの手を引いて、水晶玉の置かれた台の前まで連れていく。

台の向かいには、黒いローブを羽織った眼鏡姿の女性が無愛想に立っていた。

「先生、次の希望者です。お願いします」

「……そこの水晶玉に手をかざして」

「は、はい……」

よく分からないが、ここは逆らわない方がよさそうだ、とヴィクトリアはおずおずと片手を伸ばす。その瞬間、透明な水晶玉の中央に強い光が宿った。

(――っ！)

まるで己のすべてを見透かされるような感覚に、ヴィクトリアはすばやく手をひっこめる。

光はすぐに消えたものの、その始終を見ていた女性がくいっと眼鏡を押し上げた。

「今、どうして手を離したの？」

「あ、いえ、なんか、ぞわってしたので」

「…………」

(なんか、嫌な予感が……)

ヴィクトリアは、そろりそろりと後退しようとする。

だがそんな彼女の腕を、怖そうな眼鏡の女性が勢いよく掴んだ。

「……確かに、見えた魔力量はごく微量なものでした。ですが普通の魔力とは少し違う……まるで巨大な爆発を前に、凝縮された高エネルギー体のような……」

「え、えーと……」

「あなた、名前は？」

「な、名前？」

突然の質問に、ヴィクトリアはこくりと唾を飲む。

（正直に……はさすがにまずい？）

ありふれた名前ではあるが、万一バレたら面倒だ。

ヴィクトリアはとっさに、昔飼っていた二匹の猫の名前を口にした。

「リ、リタ、カルヴァンです……」

「リタ・カルヴァン……聞いたことのない家名ね。まあいいわ。とりあえずあなた、今からこの入学届けにサインして」

「い、いやあの私、そういうのはちょっと」

「いいから早く！」

「は、はいいっ!!」

こうしてヴィクトリア——あらためリタは、オルドリッジ王立学園へ入学することとなった。

第二章　はじめての学園生活

街でのスカウトに捕まってから数日後。

リタは学園長室に呼ばれていた。

「リタ・カルヴァン。君は本当にやる気があるのかね！」

「は、はあ……」

なんとも曖昧なリタの返事に、苛立った学園長がバンと机を叩いた。

学園長の斜め後ろには、リタに入学届けを書かせた眼鏡の女性。そして反対側にもう一人、どこかぽわんとした雰囲気の若い女性が立っている。

「はあ、じゃないよ！　君ね、最下位だよ最下位！　入試の成績！　これまで見たことないくらいの点数‼」

「す、すみませんっ……‼」

「まったく、イザベラ先生が逸材だと言うから期待していたのに……。魔力があっても、基礎が全然だめじゃないか！　これまで何をしていたというんだね‼」

（一応、伝説の魔女をしていたんですけど……）

顔を真っ赤にして怒る学園長を前に、リタはしゅんと肩を落とした。

◇

あの魔力測定のあと、リタは地方の街からオルドリッジ王立学園へと連れてこられた。

王都からもほど近く、緑溢れた広大な敷地。

四つの建物同士を結ぶ回廊には、立派な柱がいくつも連なっている。

立派な校舎や設備の数々に驚いていると、魔力測定でリタの才能を見出した女性――この学校の教師であるイザベラが、淡々と説明してくれた。

「ここは『騎士』と『魔女』を養成するための学園です。『騎士』とは陛下に認められた、国を守る勇敢な男性のこと。そして『魔女』は私たちのように魔力を持ち、特別な技を行使する女性のことを言います」

「騎士と魔女……」

玄関ホールに入ったところで、イザベラが足を止める。

「あのお二人をご存じですか？」

「あれは……」

イザベラが示した先――階段の踊り場部分には、大きな二枚の肖像画が飾られていた。

一枚は若かりし頃の勇者・ディミトリ。そしてもう一方は――。

「あちらは勇者様ですよね。隣は……」

「あの方こそ、我ら魔女の始祖であり先導者、伝説の魔女・ヴィクトリア様です」

(あ、あれが、私ぃー⁉)

そこに描かれていたのは、藍色のローブを着込んだ大柄な魔女の姿だった。

黒い髪はうねうねと生物のように広がり、細い眉は山のように吊り上がっている。青い瞳はまるで何かを呪っているかのように、限界までかっと見開かれていた。

おまけに手にした長い杖には毒々しい色の蛇が絡みついており、もう一方の手には逆さ吊りにされた鶏が下がっている――そんなポーズしたことないが。

(ま、まあ、髪と眼の色は合ってるけど……)

どうやら年月の経過に伴い、最強魔女たるべき姿がずいぶんと誇張されてしまったようだ。

ショックで言葉を失うリタをよそに、イザベラはどこか誇らしげに話を続けた。

「勇者・ディミトリは魔女・ヴィクトリア様から多くの助けを得たことで、冥王との戦いを勝ち抜くことができたと言われています。その経験から『魔女は騎士を助け、騎士は魔女を守る』という言葉が生まれました」

「魔女は騎士を助け、騎士は魔女を守る……」

「そうです。以前は別々に教育されていた騎士と魔女ですが、この学園では在学中からパートナーを組んで行動するという、実践的なカリキュラムとなっているのが特徴です。卒業後も同じパートナーと仕事をしたり、あとは――そのまま結婚したりする例もあるそうです」

「け、結婚⁉」

「はい。騎士の多くは陛下への忠誠を誓う貴族の子息です。そうした男性は結婚相手として、優秀な魔女を求める傾向にあります。魔女の行使する魔法には、領地経営を助けるものも多くありますし、戦いでもとても役に立ちますので」

「な、なるほど……」

「ですから最近では、貴族の子女が花嫁修業の一環として魔女を目指すことも多いのです。……本来魔女のあるべき姿は、魔法へのあくなき探究心と日々の鍛錬だというのに……。まったく、嘆かわしいこと……」

(うーむ……四百年も経つとここまで変わるのね……)

かつて迫害されていた身からすると、嬉しいような複雑なような。

そのあともブツブツつぶやくイザベラに連れられ、リタは学習棟へと足を踏み入れた。近くにあった教室に入ると、好きな席に座るよう指示される。

「それではこれより、入学試験を開始します」

「試験?」

「今現在の、魔法に対する知識を問います。あなたは孤児だと言っていたから、そうした教育は受けていないかもしれないけれど……できる範囲でやってみなさい」

「は、はい！」

二枚の紙を差し出され、リタは配られた筆記具をぎゅっと掴んだ。

（入試……ってことは、多分そんなに難しくはないはず……。一応私、伝説の魔女だったわけだし、ここはびしっと満点を――）

だが問題を目にした途端、リタの額からだらだらと嫌な汗が滲み出した。

（どうしよう……全然分からない……）

棺に入ってたかが三十年、されど三十年。

そもそも王宮で活躍していたのは、三百年近く昔のことだ。

その間王都では、優秀な魔女たちによって様々な研究が進められていたのだろう。

（アイサイクローネの枝に含まれる鎮痛成分はどの部位に効くか？　エヴァリオットの空間圧縮魔法の最初の術式は？　ローランの光と呼ばれた鉱石は以下のどの儀式に使用するか？　処理方法についても詳しく記載せよー!?）

はじめて聞く素材や理論のオンパレード。

おそらくヴィクトリア時代にも使っていたのだろうが、その時は『黄色いピカピカした石』だとか『じめっとした苔の間に生えているやつ』といった覚え方をしていたので、正式な名称がまったく分からない。

「す、すみません……分かりません……」

「…………」

ほぼ空欄の回答用紙を提出すると、イザベラはわずかに片眉を上げた。

「……次は実技課題です。行きましょうか」

続いて連れてこられたのは、実習棟と呼ばれる建物だった。

一階と二階は、実際に魔法を使って授業を行うための教室となっており、三階と四階は各教員の研究室として使われているらしい。

いちばん小さい部屋に入ったところで、イザベラがリタの前に一本の蠟燭を置いた。

「この蠟燭に火をつけなさい。杖は持っていますか？」

「い、いいえ」

「ではとりあえず、この初心者用のものを貸してあげましょう。慣れてきたら、ちゃんと自分用の杖を準備するように」

「は、はあ……」

手渡されたシンプルな木の杖を、リタはしげしげと眺める。

だがすぐに「あのー」と片手を上げた。

「これ、杖を使わないといけませんか？」

「魔女の杖には、魔力の出力を増幅・安定させる大切な役割があります。杖なしでの魔法は事故の元となりますので、この学園内では禁止されています」

「わ、分かりました……」

ばっさりと否定され、リタは仕方なく杖を構えた。

（確かに杖は魔女にとって、なくてはならないものだけど――）

ヴィクトリア時代は自分と馴染みのいい木材をいくつも触って選び抜き、必要な装飾を継ぎ足しては、少しずつ少しずつ杖を作り上げていったものだった。

ただし当時のヴィクトリアは決して魔力を増幅させるためではなく——むしろ『多すぎる魔力を制御するため』の調整器として使用していたのである。

(ちゃんとできるかな……火の精霊は気まぐれだし……。それにこの杖がどんな子か分からないから、杖なしでやった方がまだどうにかなりそうだったんだけど……)

かなりの魔力を抑え、精霊への祈りも省略。

リタはそうっと魔法を口にする。

「明かりよ、灯れ」

その瞬間、ぼわわっという音を立てて机上が火に包まれた。

蠟燭はおろか、それを立てていた燭台までもが跡形もなく消失している。

「…………」

「すっ、すみません‼　ちょっ、ちょっと調整が利かなかったみたいで、あ、あはは……」

「……いいでしょう。次はもう少し弱めるように」

イザベラが「ふうっ」と眼鏡の位置を正し、新しい蠟燭を準備してくれる。

今度こそ、とリタは限界ギリギリまで魔力の出力を絞った。

「アカリヨ、トモレ」

「…………」

すると今度は、芯から煙すら立ち上らない。

リタは「もう少し？　あれ？　もう少しかも？」とわずかに魔力量を増やしてみたが、結局蠟燭に火が灯ることはなく、イザベラは「はあ」と疲れきったため息をついた。

「もう結構。……魔法が使えないわけではなさそうだけど、あまり調整は上手くないみたいね」

「すみません……」

伝説の魔女の肖像画が、ガラガラと音を立てて崩れていく様を思い浮かべながら、リタはしょんぼりと俯く。

その後、いくつかの簡単な魔法を要求されたが、やはり上手く調整することができず――イザベラは手にしていた手帳に何かを書きつけると、ぱたんとそれを閉じた。

「これで入学試験は終わりです。入学式は一週間後ですが、明日には学園長の個人面談があります。その時までに身なりを整えておいてください」

「ええと、身なりというと……」

「あとで学生課に案内します。そこで学生寮におけるあなたの部屋と、制服についてどうすればいいかを確認してください」

「は、はーい……」

実習棟を出て、中庭に面した回廊を歩いていく。

学生課の受付でイザベラと別れたあと、今度は職員から寮の説明を受けた。

「この学園に通う生徒さんは、原則として皆こちらの学生寮に入ってもらいます。中央の大階段を境に西側が男子、東側が女子の区画になっているわ」

横に五人は並べそうな幅広の階段をトントンと上がりながら、職員は続ける。

「一階に食堂と談話室、遊戯室。それから回廊を渡ってすぐのところに図書館があります。学園の中でいちばん背が高い建物だから分かりやすいと思うわ。これらの施設は男女共用ね。二階には監督生の専用ルーム。二階の一部、三階と四階がそれぞれ個人部屋になってます」

「監督生というのは？」

「騎士科、魔女科の最上級生からそれぞれ三人ずつ選出される、特に模範的な生徒のことよ。学園行事を取り仕切ったり、下級生たちの生活態度を見張ったりする代わりに、他の生徒にはない特権が与えられているの。監督生になるのはとても名誉なことなのよ」

（うわあ、大変そう……）

一人暮らしの方が長いリタにとっては、うんざりするような話だ。

四階にある自分の部屋に案内されたところで、山盛りの制服をどさっと渡された。

「あとこれ、制服がないって聞いたから、卒業生のをいくつか持ってきたわ」

「いいんですか？」

「ええ。この学園、お金持ちの子が多いから。捨てるのも面倒で、寮に私物を残したまま卒業したりするのよね。サイズが合うかは分からないけど、そこは上手く調整して」

じゃあねーと扉を閉められ、リタはようやく一人になった。

あらためて部屋の中をぐるりと見回す。ベッドや鏡台、机、椅子、本棚などはあらかじめ準備されており、一人で寝起きするには十分すぎる広さだ。

リタは「はあーっ」と息を吐き出すと、ベッドに置いていた制服の山から一つを引き抜いた。

（なんか、大変なことになっちゃったかも……）

着ていたローブを脱ぎ、使い古された制服に袖を通す。

確かにあちこちすり減っていたが、ヴィクトリア時代に使っていたどの衣装よりも生地がしっかりしており、縫製も完璧な仕上がりだった。

多少袖が長いのはまくればいいし、スカート丈が足首まであるのも冷えなくてありがたい。

（でも、学園生活がどんなものか、ちょっと興味があったのよね……）

魔女といえば周囲から忌避される存在であり、リタは学校に行ったことがなかった。

だが昔偶然手に入れた小説の中に、そうした場面が綴られていたことがあり、一度でいいから経験してみたいと思っていたのだ。

「なるほど、これが試験に学生寮、先生に制服……あっ、そういえば図書館があるって言ってたわ！今の時代の魔法をちゃんと確認しておかないと」

幸い、夕食まではまだずいぶんと時間がある。

早速見に行こうと、リタはもたつく制服姿のまま部屋を飛び出したのだった。

◇

数時間後。

夕食の時間をとっくに過ぎた頃になって、リタはようやく図書館から出てきた。

「す、すごすぎた……」

リタが想像していた以上に、ここ数十年で魔法の世界は急速な発展を遂げていた。

王都に召致された魔女たちによる研究。新魔法の開発。印刷技術の進歩により、『本』で知識を共有できるようになったのも大きいだろう。

今までであれば、隠れ里に住んでいる同胞をなんとかして探し出し、必死に頼み込んで口頭で教えてもらう——といった手間暇が必要だったのに、今は必要な情報がすべて一冊にまとめられている。

（新しい魔法理論に精霊との交渉術……ああっ、早く続きが読みたいっ……！）

だが閉館時間になってしまい、司書からあっさりと追い出されてしまった。

夕食を食べそびれたものの、溢れ出る知識欲と好奇心とで胸をいっぱいにしたリタがほくほくと回廊を歩いていると、どこかから少年たちの声が聞こえてくる。

何やら穏やかではなさそうだ。

「……？」

息をひそめ、こっそりと声のする方に向かう。

学生寮の裏手を覗き込むと、複数の男子生徒が一人の男子を取り囲んでいた。

「お前だろ？　今期の入試成績、最下位の奴って」

「…………」

「いったいどこの田舎から出てきたんだ？　その制服だって貰い物だろ」

「騎士ってのはなあ、お前みたいなダセえ奴がなっていいもんじゃねえんだよ！　身のほどを知れよ、クソ庶民が！」

（こ、これは……いじめ⁉）

まさかの現場に遭遇してしまい、リタは一瞬頭が真っ白になる。

その間にも男子たちは中央にいた男子を蹴り始め、がふっと嫌な音が漏れ聞こえた。

（どど、どうしよう⁉　とにかくやめさせないと――このあたり一帯を焼き払う？　それか雷を落として脅かすとか……。それか、いじめているあの子たちだけをどこか遠くの山にでも飛ばしたり――）

だがそんな大規模な魔法を展開すれば、いったい誰がと犯人捜しをされるだろう。

万一正体がバレて、入学取り消しになったら学園生活ともおさらばだ。

なんとか魔法を使わずに、穏便に収める方法はないものか。

（でも素手で戦って勝てる相手ではなさそうだし――そうだ！）

もっとも平和的な解決方法を思いついたリタは、回廊に身を隠したまま大声で叫んだ。

「先生ーっ！　早く来てーっ！　火事が起きてますーっ‼」

「！」

いち早く反応したのは、いじめていた男子生徒たちだった。

人が集まってくることを恐れたのか、彼らは火事が真実であるかを確かめるより早く、あっという間にその場からいなくなる。

うずくまった状態で残された男子のもとに、リタは慌てて駆け寄った。

「あの、大丈夫ですか⁉」

「……はい。でもあの、さっき、火事って……」

「私がついた嘘です。先生も呼んでないですよ」

「……そっか、良かった……」

ほっとしたのか、男子生徒は傷ついた体をのっそりと起こした。

長身だがやや猫背気味の体。黒くて癖のある髪。目は漆黒で、リタと同じように眼鏡をかけていた。ただしそのレンズには、先ほど蹴られたせいか大きなひびが入っている。

「困ったな……せっかくおじいちゃんが買ってくれたのに……」

「良かったら、ちょっと貸してもらえますか？」

「……？」

疑問符を浮かべる男子生徒から、リタは割れた眼鏡を受け取った。

そのまま手のひらをかざすと、小さく唱える。

「──断絶した欠片たち、今一度互いの手を取り合いなさい」

手にした眼鏡がぼうっと淡く光る。

光はすぐに収束し、レンズに走っていた傷は跡形もなくなっていた。

「……すごい。魔女って、こんなこともできるんだね」

「すっごく地味ですけどね。家具とか窓とか直すのに便利だったので」

はい、と男子生徒に眼鏡を返す。

男子生徒はあらためて眼鏡をかけ直すと、リタの方を見てわずかに目を見張った。

「君は……」

「はい？」

「い、いや、なんでもない……。それより、助けてくれてありがとう。その、君は……」

「あっ、ええと、リタ！　リタ・カルヴァンと申します！」

「リタ……」

まるで熱に浮かされたように、男子生徒はリタの名前を口にする。

すると回廊の奥から何やら騒がしい声が聞こえてきた。

「おい！　火事があったってのは本当か⁉」

（ま、まずい……！）

嘘をついたとバレたら、入学取り消しになるかもしれない。

リタは急いで立ち上がると、座り込む男子生徒に向けて慌ただしく頭を下げた。

「す、すみません、失礼します！」

「ま、待って！　僕は――」

男子生徒が止めるもむなしく、リタはまさに脱兎の勢いで姿を消す。

残された男子生徒はそのまま半端に腕を上げていたが、やがて諦めたようにゆっくりとその手を下ろしたのだった。

◇

再び、怒りの学園長室。

昨日までのあれそれを思い出していたリタの耳に、柔らかい声が飛び込んできた。

「まあまあ学園長、そんなに怒らなくてもいいじゃないですかぁ」

「アニス先生、しかし……」

「イザベラ先生が推薦するなんて本当に珍しいことですし、試験の成績だけでは測れない、何か秘めたる才能があるのかもしれませんよ？」

（この人は……）

激昂する学園長をたしなめたのは、イザベラの反対側に立っていた女性だった。

薄紅色の柔らかそうなロングヘアーとふっくらした唇。

口元の小さなほくろが印象的だ。

「ねえ、イザベラ先生？」

「……彼女からは普通の魔女にはない、どこか特別な魔力の兆しを感じました。この学園で学ぶことで、きっとその能力が開花するのではないかと……」

「あーもう分かった分かった！」

ふん、と息を吐き出した学園長は、椅子の背もたれに寄りかかった。

「入学式のあと、学内パートナーの選考会がある。君たち魔女はそこで、騎士候補生たちから選ばれる形となるわけだが……。まあ大体の場合、成績の良い者同士がペアを組むことになるから、あまり期待はしないように」

「は、はーい……」

行っていいぞ、とひらひらと手で追い払うような仕草をされ、リタはへこへこと頭を下げつつ学園長室をあとにした。

続いて教師二人も退室する。

（良かった……とりあえず入学は許されたみたい……）

ほっと胸を撫で下ろすリタを見て、イザベラが呆れたように自身の眼鏡を押し上げた。

「……リタ・カルヴァン。あの場ではあのように言いましたが――あなたの成績は、受験者の中でも本当に壊滅的なものでした。入学を許可してくださったのはひとえに、学園長の恩情にほかなりません」

「も、申し訳ございません……」

「一学年の間は私が担任、こちらのアニス先生が副担任となります。授業では難解なものも多く出てくるでしょう。その場合は図書館で調べるか、できるだけ早い段階で私たち教師の誰かに質問に来るように」

「は、はい！」

しっかりと釘を刺され、リタは思わず背筋を正す。

そんな二人を前に、最後を歩いてきたアニスが柔らかく微笑んだ。

「まあまあイザベラ先生。そんなに脅かさなくても」

「アニス先生……」

「あんまり気負わないで。まずは自分がやりたいようにやってみればいいと思うわ。勉強も、修行も、もちろん恋もね」

隣に立ったアニスから可愛らしくウインクされ、リタはつい頬を赤くする。

イザベラがため息交じりに前を向いたのを確認すると、アニスは自身のローブのポケットから、ごそごそと小さな飴玉を取り出した。

「はいこれ、みんなには内緒よ。もちろんイザベラ先生にも」

「これは？」

「応援したい子にこっそりあげてるの。お守りみたいなものかしら。学園生活でどうしてもつらいことがあったら、これを食べて頑張ってみて」

「お守り……」

手のひらに転がる花柄の包装紙。

どうやら魔法はかかっていないようだが、そこに込められたアニスの気持ちが嬉しくて、リタはすぐにお礼を口にした。

「あの、ありがとうございます」

「いえいえ。じゃあまた、入学式でね」

ちょうど学生寮との分岐点に到着し、イザベラとアニスは実習棟へと戻っていく。

アニスから貰った飴をポケットに入れると、リタはよしと顔を上げた。

（授業で置いていかれるのも怖いし……入学式まで、できる限り予習しよう！）

決意も新たに拳を握りしめると、一人うきうきと図書館に向かう。


こうして迎えた運命の入学式。

成績トップの騎士候補《ランスロット》から、なぜかパートナーとして指名されたリタであった。

第三章　選ばれた理由

すべての魔女のパートナーが決まった頃、イザベラが粛々と呼びかけた。

「これで選考会は終了です。明日からは通常授業が始まりますので、決して遅刻しないように。それからパートナーのいない騎士候補は、このあと私のところに来なさい」

解散の号令とともに、張り詰めていた緊張が一気にほぐれる。

だがリタは今なお顔を蒼白にした状態で、一人ガタガタと震えていた。

（な、なんか、決まっちゃったけど……。本当にこの人が、私のパートナーなの？）

顔を確認しようにも、また視線を外されそうで見上げる勇気がない。

するとそこに、先ほど列の先頭にいた女子が話しかけてきた。

腰まである水色の髪は毛先までしっかりと巻かれており、ハーフアップにした結び目はキラキラとした真珠の髪飾りで留められていた。長い睫毛の下から覗く瞳もまた薄い水色。透き通るような白い肌にピンク色の唇という、どこからどう見ても完璧な美少女だ。

「ランスロット様、ご無沙汰しております」

「リーディアか。今年入学だったんだな」

「ええ。ランスロット様と同じ学園に通えること、光栄に思いますわ」

（リーディアさん……）

ランスロットとにこやかに会話していた彼女だったが、突然リタの方に視線をずらしたかと思うと、まるで毛虫を眺めるような目つきでじっとこちらを見つめてきた。

困惑したリタが鼻白んでいると、笑顔でランスロットの方に向き直る。

「そういえば、公爵様はお元気ですの？」

「ああ。相変わらず元気に槍やら斧やらを振り回しているよ」

「まあ素晴らしいじゃありませんか。また公爵夫人にもお会いしたいですわ。わたくし、夫人が作ってくださる洋梨のケーキに目がありませんの」

「ああ。それを聞いたら母もさぞ喜ぶだろう」

（なんか、すっごく仲良いんだな……）

すぐ傍で交わされる親しげな会話を、ここで聞いていてよいものかとリタは逡巡する。

やがてリーディアが、ちらっとリタの方を一瞥した。

「……それはそうと、こちらの方は元々のお知り合いですの？」

「いや。今日はじめて顔を合わせた」

「まあ、そうなんですの？　……こう言ってはあれですけども、その、いちばん後ろの方におられたから、あまり成績がよろしくない方だったのではと思いまして」

（そうでーす！　ビリでーす！）

こくこくと無言で頷くリタをよそに、ランスロットはわずかに眉根を寄せた。

「成績？」

「ええ。この学園では毎年、入試成績一位の騎士候補は、同じくトップで試験をクリアした魔女候補を選ぶのが慣例となっているそうですわ。まあ当然ですわよね。強き者同士が手を取り合う――それこそがもっとも合理的ですもの」

リーディアは、冷たい眼差しでリタを見下ろした。その口元にはどこか勝ち誇ったような笑みを浮かべている。

「ですからランスロット様は、一位のわたくしを当然選んでくださるのだと――」

しかしリーディアが言い終えるより早く、ランスロットが口を開いた。

「俺は、そうした慣習に従う気はない」

「……えっ？」

「魔女にも色々なタイプがいる。大切なのは騎士との相性だ。攻撃に特化した者、補助魔法を得意とする者――単にテストの点を取れた者が優秀、というわけではないだろう」

「そ、それは、そうですけども……」

ばっさりと断じられ、リーディアは思わず唇を噛みしめる。

悔しげに顔を歪めると、脇にいたリタを鋭い目つきで睨みつけた。

「でしたらこの方は、さぞかしランスロット様のお役に立てるのでしょうね！」

「えっ!?　いやあの、私は……」

「今日のところは失礼いたしますわ。……リタさん、これから仲良くしましょうね」

(絶対、仲良くする気ない……)

強張った笑みを残し、リーディアは二人の前を去っていった。

周囲がざわつき始めたと感じたのか、ランスロットがリタに話しかける。

「俺たちも行くぞ。ここは騒がしい」

「は、はい……」

中庭を出て、人気の少ない回廊へと移動する。

ずんずんと前を歩いていくランスロットを、リタはようやく呼び止めた。

「あ、あの」

「なんだ?」

「さっきの本当なんですか？　慣習に従う気がないって……」

「ああ」

「じゃあ私を選んでくれたのって――」

こう見えて、実はすごくいい人なのかもしれない――湧き起こったわずかな期待を胸に、リタは嬉しそうに問いかける。

だがランスロットは、堂々と言い放った。

「いちばん強い俺がいちばん強い魔女と組んだら、鍛錬の意味がないだろうが」

「えっ？」

ぽかんとするリタをよそに、ランスロットは体の前で腕を組む。

「そりゃあリーディアの言う通り、一位の奴を選べば間違いはないだろう。だがそれで今後学年トップになったとして、俺の実力が周囲に認められると思うか？　『パートナーの魔女が優秀だったから』と言われてしまえばそれまでだ」

そうだろう？　と問われ、リタは首を傾げつつもこくりと頷いた。

それを見たランスロットは、どこか満足げに口角を上げる。その顔は確固たる自信に満ちており、悔しいことにリタですら思わず目を奪われそうな凜々しさだった。

「俺の目標は『最強の騎士』になることだ。その点、成績ビリのお前と組んだうえで学年一位を取れれば、それは『俺自身』が優秀であるという証明になる」

「それはそうでしょうけど……」

（ちょっと複雑な心境……）

リタが若干呆れていると、ランスロットは「ふむ」と片手を顎に添えた。

「そうと決まれば、明日から特訓だな」

「えっ⁉」

「まずは朝食前にランニング五キロ……まあ最初だから三キロにしておいてやろう。それから筋力強化と発声練習、体の柔軟性も確かめておく必要があるな。あとは――」

「ちょ、ちょっと待ってください⁉　私、魔女なんで、そうした体力的なものは……」

「何を言っている。最近の魔女といえば、騎士とともに現場に出ることも多い。それに魔法を使うのだって、魔力だけでいいというわけじゃないだろう?」

「うっ……それは……」

「安心しろ。俺は厳しいが、無理なことは絶対にさせない。必ずお前を『成績一位』にしてみせる！」

(いーらーなーいー！)

ひーんと心の中で嘆くリタをよそに、ランスロットはすっと片手を差し出した。

「何はともあれ、俺はお前を選んだ。これからよろしくな！」

「うう……」

ランスロットの瞳はやる気に満ち溢れており、リタは渋々その手を取る。

力強くぎゅっと握り込まれた瞬間、リタはふと、勇者との過去のやりとりを思い出した。

(そういえばあの時も、こうして握手したっけ……)

今と同じ、涼しい風が頬を撫でる秋の夕方。空は一面オレンジ色に染まっており、振り返ったディミトリの髪が——笑顔がまばゆく輝いていて。

ヴィクトリアは思わず「一緒に冥王を倒したい」と口にした。

(最初はぽかーんとしてて。でもだんだん、嬉しそうに目を見開いて——)

思い出すだけで、自然とリタの口元に笑みが浮かぶ。

ディミトリは喜びをあらわにすると、勢いよくリタ——ヴィクトリアの手を握りしめた。

ありがとう、ごめん、嬉しい、頑張ろう。

彼から発される言葉のどれもが愛おしくて、その大きな手がとても温かくて。彼が自分を必要としてくれたことが、本当に——本当に誇らしかった。

でも——。

（……結局最後には、選ばれなかったんだけどね……）

胸がずきりと痛み、苦いものが喉の奥を通り過ぎる。

リタはそれを呑み込むように、ぐっとランスロットの手を握り返した。

◇

ランスロットと別れたあと、リタは図書館へと向かっていた。

すると途中で見覚えのある男子生徒と遭遇する。

「あなたは……」

「リタ！　良かった……。ここで待っていればまた会えるかと思って……」

先ほどの選考会、騎士科の最後尾にいた彼だ。

猫背なのは変わらず、もさもさの髪で目元が半分ほど隠れている。

「私も話したかったの。その……あれから大丈夫だった？」

「う、うん……。すぐに先生が来たけど、適当にごまかしたから……」

長い前髪を何度も手で引っ張りながら、男子生徒はごにょごにょと言葉を濁す。だがすぐに顔を上げると、頬を真っ赤にして続けた。

「そ、それより、リタも新入生だったんだね」

「うん。見ての通り、入試の成績は最下位だったけど」

「ぼ、僕も同じだから気にしないで！　……でも意外だな。てっきりリタは、先生になってもおかしくないくらい優秀な魔女だと思っていたから……」

（すみません……全然ダメでした……）

キラキラとした瞳で見つめられ、リタはなぜか罪悪感すら覚えてしまう。

すると男子生徒は、こほんと小さく空咳をした。

「それであの、僕……まだ君に自己紹介していなかったなと思って」

「そういえば、あの時は聞かなかったものね」

「あらためて――僕はアレクシス。これからよろしくね」

「うん。アレクシス」

手を差し出され、リタはそっと握り返す。

今日はなんだかたくさん握手する日だなあ、と思った。

「そういえば、アレクシスのパートナーは誰になったの？」

「えっ……と、僕はいないんだ」

「いない？」

「うん。そもそも魔女科に入学できる子って少なくって……。そのうえ騎士科と同数であることはまずないから、毎年何人かの騎士候補は『パートナー不在』で過ごすんだよ。ほら、式のあとに先生がパートナーのいない騎士候補を集めていたでしょ？」

「言われてみれば……」

「合同授業の時だけ誰かにお願いするか、先生についてもらう感じかな……」

確かに並んだ時の人数に、それなりに差があった気がする。

優先的にパートナーを指名できる成績上位者はいいが、騎士候補も何かと大変なようだ。

リタがううむと眉根を寄せていると、アレクシスがおずおずと口を開いた。

「でもリタはすごいね。あのランスロットから指名されるなんて」

「えっ⁉　ええと、あれは……」

「きっと、リタの才能を見抜いていたんだと思うよ。ああ……僕ももう少し入試で頑張っておけば、リタをパートナーに指名できたかもしれないのに……」

(言えない……ビリだから選ばれたなんて……)

どんよりと落ち込むアレクシスを、リタはどうにかして元気づけようとする。

「わ、私なんてほんと、適当に選ばれたようなものだし！　あっ、課題の時はパートナーが必要なんだよね？　私で良かったら協力するよ！」

「……ほんとに？」

「私で良かったら、だけど……」

口にしたあとで、ずいぶんと無責任なことを口走ったとリタは後悔する。

だがリタの不安を知るよしもなく、アレクシスは分かりやすくぱあっと破顔した。

彼の背後に、大きな犬の尻尾がぶんぶんと揺れている幻が見える――。

「リタ……ありがとう！」

（っ……勉強、ちゃんとしよう……！）

リタは眩しいものを見つめるかのように、こわごわとその目を細めたのだった。

◇

翌朝。

まだ太陽も昇りきらぬうちから、リタはしょぼついた目で校舎裏に立っていた。制服のスカートの下には、寮母から借りた男物のズボンを穿いている。

目の前には、元気に足の屈伸をしているランスロットの姿があった。

「あのー、ほんとにやるんですか？」

「当たり前だ。ほら、ちゃんと準備運動しないと怪我するぞ」

「うぇえ……」

簡単な体操を終え、ランスロットのあとに続いて学園の外周を走り出す。早朝の空気は澄んでいて気持ちいいが、リタの小さな肺はすぐに悲鳴を上げ始めた。

（こんなの……ヴィクトリア時代にも……してないんですけど……！）

ぜえはあと息を切らすリタに対し、ランスロットは平然と前を向いている。

彼にとってはこのくらい、文字通り『朝飯前』なのだろう。

「今日はこのくらいにするか。初日だしな」

「ひい、ひい……」

「ちょっと休んでろ。俺は自分の分をしてくる」

「自分の分……？」

そう言うとランスロットはリタにタオルと水筒を手渡し、再び外周に戻る――次の瞬間、全力疾走かと疑う速度で一気に駆け出した。

「嘘でしょ……」

だがどうやら彼にとってはこれが普通の速度らしく、ものの十分もしない間に出発した門の前を五回ほど通過していく。やがてわずかに額に汗を浮かべたランスロットが、前髪を掻き上げながら戻ってきた。

「ほら、次やるぞ」

「えっ、は、はいっ！」

柔軟、筋トレ、お腹から声を出す練習。へとへとになっているリタに対し、ランスロットはその五倍の負荷で易々とこなしていく。

それを目の当たりにしたリタは、内心舌を巻いていた。

（さ、さすが、騎士科一位……）

「よし、次は素振りだ」

「はあ～⁉」

杖を出すように言われ、リタは戸惑いながら両手で構える。

「あのー、魔女の杖ってこういう使い方をするもんじゃないと思うんですけど……」

「聞くところによると、魔法の発動が間に合わないと判断した場合、杖を武器に近接格闘を挑む場合があるそうだ。中にはその戦い方で、並の騎士より強い魔女もいるとか」

「それはもう魔女と言わないのでは……」

「いずれにせよ、体得していて無駄な技術じゃない。ほら、振ってみろ」

ランスロットに促され、リタは渋々両腕を振り下ろす。

借り物の杖とはいえそれなりに重量があり、リタは思わず口角を下げた。

「足はもう少し開いて、腰も落とした方がいいな。利き手は右か？　杖にはガードがないから、滑らないように指の位置を工夫しろ。……よし、なかなか筋がいいぞ」

（私はいったい……何を褒められているのか……）

伝説の魔女という看板が崩れていく幻聴を聞きながら、リタは無心で杖を振り下ろす。一方ランスロットは、リタの杖の数倍は重たそうな長剣をいとも簡単に振るっていた。

その光景を横目に見ていたリタだったが、突如手のひらに強い痛みを覚える。

「――っ！」

慌てて杖を離す。

上手く磨かれていない部分があったのか、大きな擦過傷が広がっていた。

「大丈夫か？」

「う、うん、大したことは」

「いいから見せてみろ」

するとランスロットはすぐにリタの手を取り、上着から取り出した消毒液をかける。そのまま手際よく包帯を巻いていくのを見て、リタは思わず尋ねた。

「もしかして、わざわざ用意してたんですか？　包帯とか」

「ん？　ああ、いつも持ち歩いているだけだ。これくらいの怪我はよくあるからな」

よし、ときっちり処置をしたところで、ランスロットが顔を上げた。

「今日はここまで。明日からはもう少し早めに集合するぞ」

「えっ⁉　ま、まだやるんですか」

「当たり前だ。俺は厳しいと言っただろう」

（うええ……）

かつてない疲労感を抱えながらリタはげんなりする。

するとランスロットが突然「ああ、そうだ」とリボンのかかった包みを差し出した。

「これをやろう」

「これは？」

「その、俺はあまり詳しくないんだが……お前のために一生懸命選んでみた」

（ま、まさかプレゼント……？）

先ほどまでの疲れが一気に吹き飛び、リタはドキドキしながら包みを開く。

しかし中から現れたのは――魔女を目指す子ども向けの可愛らしい絵本だった。

「何がいいか迷ったんだがな。まずは基礎から履修すべきかと判断した」

「………」

「あいにく俺は魔法のことは専門外だからな。魔女科の講師に聞いて、良いものを選んだつもりだ。まずはこれを読んで、しっかりと基本を習得しておけ」

「アリガトウゴザイマース」

釈迦に説法。孔子に悟道――。

三人の養子のうち、いちばん賢かったミリアから習った遥か異国の言葉を思い出しつつ、リタはなんとも名状しがたい笑顔のまま、絵本を受け取るのだった。


その日から、本格的に学園の授業が始まった。

基本的なカリキュラムは『騎士科』『魔女科』で別々に行われ、合同授業や実技、学期末試験などの際にパートナーと取り組む課題が与えられるらしい。

学期は二学期制。秋から始まる前期のあと二カ月ほどの冬季休暇を挟み、後期、夏季休暇というスケジュールだ。

各期の終わりにはテストが実施され、実技・筆記の両方で成績を決める。

ちなみに三学年までであるが、成績が足りなければ進級できないため、年数を重ねてしまい退学を余儀なくされる生徒も多い。

こうして留年する者がいたり、また入学時の年齢もそれぞれ異なるため、学園内には十五から二十二歳といった幅広い年齢の生徒たちが在籍していた。


授業を終えた午後。

リタは回廊を歩きながら、一人喜びを嚙みしめていた。

（なんか……新鮮で面白かった……！）

最初のカリキュラムということもあり、今日は午前中だけで終了した。

内容は正直言って基礎中の基礎――だがリタが知らなかった道具の正式名称や、なんとなくで理解していた部分がしっかりと論理的に説明されており、物事の新たな一面を見出したような感動を覚えたのだ。

初心に帰るのもなかなか有意義である。

「明日はどんなことするんだろう……。楽しみ……」

うふふえへへとしまりのない顔で歩いていく。

すると回廊の先から、数人の取り巻きと一緒に見覚えのある令嬢が姿を見せた。

魔女科の成績一位、リーディアだ。

「あらリタさん、ずいぶん楽しそうですわね」

「はい！」

素直に応じたリタを見て、リーディアの隣にいた令嬢がくすっと笑う。

「そんなに余裕で大丈夫なの？　今日だって、あんな簡単な質問に答えられなかったのに」

「あ、あれはその、昔は名前が違っていて……」

「昔って、いったいいつの話よ」

（三百年ぐらい前……）

だが余計なことを言ってはならないと、リタは適当に言葉を濁した。

そんなリタに苛立ったのか、リーディアは体の前でふんっと両腕を組む。

「あなた、本気でランスロット様のパートナーになるつもり？」

「え、あ、はい。なんか拒否権ないらしいので」

「……ほんっとうに信じられませんわ」

いいこと⁉　とリーディアは人差し指をびしっとリタに突きつけた。

「庶民のあなたは知らないでしょうけど、ランスロット様はすごい御方なのよ⁉」

「あー、確かになんかすごいですよね。圧とか」

「そうじゃなくて！」

嚙み合わないリタとの会話に怒りを感じたのか、わななきつつ、リーディアが高々と拳を握る。

「三百八十年の歴史を持つ、由緒正しきバートレット公爵家の次期後継者！　この学園に入る前から数々の戦功を持つ本物の騎士！　剣を握れば百の軍勢を打ち倒し、弓を引けば百の敵将の心臓を射抜く！　槍を構える姿は軍神エルディスのごとしと謳われる、まさに我が国の宝！　現王子殿下とも親しくされているという、とても栄誉ある御方なのです!!」

（えええ……嘘ぉ……）

今朝のスパルタ・脳筋・ランスロットしか想像できず、リタは返答に苦慮する。

ランスロットをひとしきり称賛して満足したのか、リーディアは長い髪をふうっと後ろに払った。

「少しは理解しましたか？　自分がどんな方に選ばれたのかを」

「は、はあ」

「あのランスロット様のことです。きっと何か特別なご事情があったのでしょう。たとえばそう——一人だけ、あまりに貧相でみすぼらしい魔女候補がいるものだから、施しのつもりでご温情を与えられたとか……」

「……？」

途端にくすくす、と小さな笑い声が巻き起こる。

取り巻きの令嬢たちは、聞こえよがしにリタの身なりを指摘した。

「おかわいそうに。制服も買っていただけなかったんですのね」

「あのスカート、いつの時代？　長すぎて野暮ったーい」

「杖もイザベラ先生からの借り物らしいですわよ。まあ、庶民の方が買える金額ではありませんものね」

「それにいまどき眼鏡なんて、貧乏人しかかけていませんわ」

（そ、そうなの⁉）

知らなかった。

スカートが長いのはいけないのか。あったかいのに。

それに眼鏡だって、使いやすくてとっても気に入っているのに。

さすが王立学園。ファッションも最新なのか。

（今の若い子たちって……おしゃれ……‼）

「ふふっ、つまりそういうことですわ」

リタが見当違いのショックを受けているとは知らず、リーディアは高らかに宣言した。

「ともかく、あなたが選ばれたのはランスロット様のお情けです！　お・な・さ・け！　来期には、再度パートナーを選び直す『再選考』もございます。その頃には、あまりの実力の違いに辟易したランスロット様がきっとわたくしをお選びに――」

するとそこに、よく通る男の声が割り込んだ。

「――リタ、ここにいたのか」

「‼」

誰のものかを悟った瞬間、その場にいた全員が硬直する。

声の主――ランスロットはすたすたと騒動の中心に歩み寄り、リタの前に立った。

「今から王都に行くぞ」

「へあ⁉」

「どんな返事だ。ほら来い」

くるりと踵を返したランスロットを、リタは慌てて追い駆ける。

リタをいじめていた令嬢たちはしばしぽかんとしていたが、ようやくリーディアがはっと我に返った。

「お、お待ちください、ランスロット様！」

「？　なんだ」

「ど、どうして突然、その子と王都になんて……」

「こいつは俺のパートナーだ。いつどう過ごそうが自由だと思うが？」

（私の自由は……？）

怪訝な顔でランスロットを見上げたリタだったが、ここで口を挟むとややこしくなりそうなので、とりあえず今は黙っておく。

一方、あっさり言い返されたリーディアは唇を強く噛みしめた。

ランスロットはそんな彼女に、さらに追い打ちをかけるように続ける。

「それからさっき、俺の話をしていたようだが」

「！　そ、それは……」

「悪いが俺は、情けや同情といった言葉がいちばん嫌いでな。こいつをパートナーに選んだのは、紛れもなく俺自身の意志だ。したがって、能力差を理由にパートナーを解消することはないし、他の誰かを選ぶこともありえない」

（ランスロット……）

力強いその言葉に、リタの胸に温かいものが込み上げる。

彼は最後に、リーディアを睨みつけて言い放った。

「今後、こいつに対する侮辱や言いがかりは、俺に向けての宣戦布告とみなす。それを踏まえたうえでどう行動すべきか、自分の頭でよく考えておくんだな」

「も、申し訳ございません……」

しん、と静まり返った回廊で、令嬢たちが一様に俯く。

それを見たランスロットは再び身を翻し「行くぞ」とリタを促した。

回廊を抜け、正門に停めてあった馬車に乗り込む。向かい合わせに座って出発したところで、リタがようやく口を開いた。

「あ、あの、ありがとうございました」

「何がだ？」

「さっき、私を庇ってくれたのかなと……」

なんだか彼の顔を見るのが恥ずかしくて、リタは手元でくるくると指先をこねる。

だが返ってきたのは、どこか呆れたような物言いだった。

「礼を言うくらいなら、もうちょっとしっかりしたらどうだ。お前、俺のパートナーだという自覚はあるのか？」

「うっ……」

「大体どうして言われっぱなしで我慢できる？　あそこまで見た目を馬鹿にされて。そんなことじゃ、学園を出たあとも一生舐められるぞ」

「えっ？　あれは今のファッションの流行りを教えてくれていたのでは……」

「…………」

ぽかんとするリタを前に、ランスロットは深いため息をついたあと、がしがしと頭を掻いた。

「まあいい。対処が遅れたのは俺の責任でもあるからな」

「……？」

微妙な空気に包まれたまま、馬車は王都へと到着した。

立派な市門を越え、大通りへ。

三百三十年ぶりの街並みを眺めながら、リタは思わず感嘆の声を漏らす。

「すごい……」

馬車の窓越しに見える人、人、人。

色鮮やかな野菜や果物が並ぶ露店があれば、向かいには燻製した肉を吊るしている精肉店。

外国から運ばれてきたのだろう、極彩色の織物やガラス細工、香辛料、工芸品などもあり、ありとあらゆるものがそこら中に売り出されていた。

どうやら市民たちが買い物をするメイン市場のようだ。

（賑わってるなあ……。昔は冥王がいたせいで、ろくに物が入ってこなかったんだよね……）

今よりずっと閑散としていた過去を思い出し、リタは一人うんうんと頷く。

馬車はそのまま市場通りを通過すると、街の中央にある大広場で停まった。

「ほら、着いたぞ」

「は、はいっ！」

ランスロットにせっつかれ、リタは慌てて馬車を下りる。

まず目に入ったのは見上げるほど巨大な大噴水。その真ん中には、青銅で作られた二体の彫像が飾られている。リタが暮らしていた当時にはなかったものだ。

「これって……」

「かつて冥王を打ち滅ぼしたという、勇者・ディミトリと伝説の魔女・ヴィクトリア様の像だ。さすがにそれくらいは知っているだろう？」

「そりゃ知ってますけど……」

ランスロットのいぶかしむ目を避けつつ、あらためて銅像を見上げる。

勇者像の方は完璧だ。整った顔立ち。鍛え上げられたしなやかな体つき。剣を握る姿は雄々しく、今にも動き出しそうな傑作である。

問題は伝説の魔女像の方で――。

（肖像画の時も思ったけど、私のイメージ、いったいどうなってるの……？）

太ももと見まごうほど隆々とした腕を上げ、高々と杖を掲げる伝説の魔女。

その体格はもはや勇者と変わらない――いやむしろちょっと大きいくらいに誇張されており、髪は相変わらず四方八方に波打っていた。冥王の像だと勘違いされそうだ。

（まあ王様をしていた勇者様と違って、私はずっと裏方だったから、ほとんど人前に姿を見せたことはなかったけど……）

だが未来でここまで改変されているとは思ってもみなかった。

リタが心の中だけでさめざめと涙を流していると、先ほどからずっと魔女像に見入っていたランスロットがぽつりとつぶやく。

「はあ……やっぱりいつ見てもお美しいよな……」

「ランスロット？」

「……っ、いいから行くぞ」

（……？　空耳かしら）

ランスロットはそのままふいっと顔を背けると、リタを残してどこかに歩いていく。

その背中を慌てて追い駆けていると、やがて一軒の衣料品店の前に到着した。かなりの高級店のようだ。さっさと入っていくランスロットに続き、リタもこわごわと入店する。

「ランスロット様、お待ちしておりました」

「先日頼んでいた分だが」

「はい。ご用意しております」

慣れた様子で応じると、店員はリタに向かって声をかけた。

「それではお嬢様、どうぞこちらへ」

「へ？」

「試着時に仕上げの採寸をさせていただきます」

いったい何をとランスロットに尋ねる暇もなく、あれよあれよという間に奥にあった試着室へと押し込まれる。そこには二人の女性スタッフが待機しており、リタを前ににっこりと綺麗な笑みを浮かべた。

「ようこそお越しくださいました。それではまずこちらを」

「えっ、あの、私」

挙動不審になるリタをよそに、片方の女性が恭しく上着の襟元に手をかける。

おさがりの制服はすぐに剝ぎ取られ、代わりに新品の制服を着せられた。

「魔法を使われるとのことでしたので、袖の長さはもう少し短めにいたしましょうか」

「スカート丈は最近膝丈が流行りですのよ」

「実技で使うローブもご用意させていただきますね」

「リボンはどの素材にいたします？　シルク、サテン、ビロード……こういったところに気を遣うのが本当のおしゃれというものですわ」

（わ――っ⁉）

次から次へと話しかけられ、リタは完全にパニックになる。

とりあえず言われるままに足を出し、腕を伸ばし、肩をすくめ、一回転したところで、試着室の鏡の前に完璧な制服姿の自身が映り込んだ。

その瞬間、背後のカーテンがシャッと開き、真後ろにいたランスロットと鏡越しに目が合う。

「…………」

「あ、あのう……」

一気に恥ずかしくなり、リタはおそるおそる振り返った。

だが彼は特段感想もなく、淡々と近くにいた店員に告げる。

「これでいい。出来上がったら学園に送ってくれ。ついでに似合いそうなドレスも十着ほど」

「かしこまりました」

「あ、あの、これはいったい……」

「時間がない。次に行くぞ」

すぐに試着室のカーテンが閉まり、リタは慌ただしく元の制服に着替える。

麗しいスタッフたちに見送られて店を出たところで、先に通りに出ていたランスロットがまたもずんずんと歩き出した。

「次は杖か。もたもたするな」

「は、はい！」

続いて連れてこられたのは、魔女が使う道具の専門店。

薄暗い店内には、大量の薬草や鉱石がところ狭しと並んでいた。

そのうえなかなか手に入らない貴重な素材なども、鍵付きの棚に整然と収められている。もちろん値札には目が飛び出るような金額が書かれていたが。

（すごい……今はこんなお店があるのね……）

魔法に使うものはすべて自分で集め、自分で育て、自分で作るのが当たり前だったリタからすると、魔女の存在がここまで世間に浸透したのかという驚きと感慨が込み上げてくる。便利な時代になったものだ。

ランスロットはまたもすたすたと奥に進むと、店主らしき魔女に話しかけた。

「失礼、彼女の杖を見繕っていただきたい」

「はいはい、ではまずは魔力の質を見せてもらいましょうかね」

ランスロットに押し出されるような形で、リタは店主の前に歩み出る。

なみなみと水をたたえた水盆が差し出され、その上に手をかざすよう指示された。

「杖を作るには、どういった魔力を持っているかを知る必要がありますのでな。心を穏やかにして、自身の持つ魔力のすべてを手のひらに集めるように――」

(もしかしてこれ、この前本で読んだエル・カルディアルの魔力識別法⁉　昔は師匠がその子の資質を見極めたり、本人が試行錯誤しながら適性を摑んでいたりしたから、こうやって視覚的に分かるのは画期的よね……‼)

学園のスカウト時に受けたのも似たような測定法だったが、今回のはかなり精密に調べられると聞いている。リタは「いったいどんな結果が」とはやる気持ちを抑えるようにして、そっと片手をかざした。

(ええと、普通にすればいいのかな……)

ゆっくりと手のひらに意識を集中させる。

だがほんのわずかに魔力を生み出したところで、水盆に入っていた水がみるみる溢れ出した。

「えっ⁉」

それどころか水の色が赤から青、緑から黄色と様々な色合いに変化していく。

水盆を押さえていた店主の魔女は慌てて自身の杖を取り出し、商品が浸水する前にそれらをふわん、と空中へ浮き上がらせた。

「なんと……大した魔力量じゃ、まだ底が見えぬ……」

「へ？」

「それに適性がどれも異常なまでに高い。まるで、ありとあらゆる精霊から愛されているかのようなーー」

（ぜ、全然魔力込めてないままだけど、大丈夫かな……）

店主の魔女はひとしきり「ふむう」「なんと……」と首を傾げていたが、やがて奥にいたランスロットに向かって説明した。

「これには少々、時間がかかるやもしれません。普通の杖とは違う作り方といいますか、中に入れる素材も少々高額になりますが……」

「金はいくらかかってもいい。こいつに合うものを作ってくれ」

「ランスロット⁉」

「承知いたしました……」

聞き捨てならない言葉をさらりと流し、ランスロットは「行くぞ」とまたもリタを促した。

もう少し店内を見てみたい、と後ろ髪を引かれつつ、リタは前を歩いていくランスロットに尋ねる。

「あの、さっきお金がすごくかかるって言われたんですけど」

「それがどうした？」

「い、いいえ、私あんまりお金を持っていないので、それなら今借りてるのもあるし、無理に新しいのを作る必要はないかなーと……。さっきの制服もですけど……」

するとランスロットが、くるりとこちらを振り返った。

「費用はすべて俺が負担する。お前が心配する必要はない」

「す、すべてって……」

おろおろするリタを前に、ランスロットは呆れたように眉尻を下げる。

「何度も言うが、お前は俺のパートナーなんだ。できる限りのことをするのは当然だろう」

「で、でも……」

「高価な武器や衣服にはそれに見合った性能がある。俺はお前の努力を、一つも無駄にすることなくお前の力にしてやりたい。これはそのために必要な投資なんだ」

「投資……」

「申し訳ないと思うなら、それにふさわしいだけの鍛錬をしろ。分かったらとっとと行くぞ。このままじゃ日が暮れてしまう」

そう言うとランスロットは再び前を向き、勇ましく通りを歩き始めた。

リタは反論する余地も与えられぬまま、大急ぎで彼のあとを追う。

(言ってることは正しいんだけど……やっぱりなんかすごい……)

その後、乱れまくっていた髪を美容院で丁寧に切り揃えられ、その足で向かいにあった化粧品店に連れ込まれた。化粧なんてしないと断ったものの「学内行事で使うこともあるだろう」と一刀両断され、片っ端からお買い上げとなった。

「次はあそこの店だ」

「は、はいいっ!」

こうしてあれやこれやと連れ回され、最後に訪れたのは看板のない店だった。

白を基調とした店内は殺風景で、病院で使うような消毒液の匂いが漂っている。

「あのーここは……」

「少し前にできた、治癒魔法の店だ」

「治癒魔法……」

ランスロットが受付に声をかけると、奥から純白のローブに身を包んだ女性が現れる。

女性はリタを店奥の椅子に座らせると、正面にあった鏡越しに話しかけた。

「それでは始めさせていただきますね」

「は、始めるって何を」

内容を確認する間もなく、女性はリタの顔から眼鏡を外すと、手ぬぐいほどの長さの布をそこにあてがった。一気に視界が閉ざされ、リタはたまらず身を強張らせる。

すると眉間のあたりに、何やら冷たい鉱石を押し当てられた。

そのまま耳元で小さく呪文が紡がれる。

「――いと尊き白の魔女。その叡智を我が手に、彼《か》の者の光を正し、あるべき姿を映すように」

（……！）

両目の奥に、強い魔力の流れを感じ取る。

鉱石という媒体を介してはいるが、これは――誰かの『魔法』だ。

（えっ、すごいすごいすごい!! 魔法を無機物に固定するのは私もできるけど、それを他の魔女が発動できるってこと!? こんな複雑で繊細な魔法、いったい誰が……）

すぐに魔力は霧散し、覆っていた布が外れる。

目を開けた途端、鏡に映った自身の姿が『眼鏡なし』ではっきりと確認できた。

「視力が……治ってる……」

「はい。数年前に『白の魔女』様が生み出された治癒魔法でございます」

「白の魔女？」

興味津々に尋ねてくるリタを前に、女性は不思議そうに首を傾げる。

「ご存じありませんか？ あの有名な『三賢人』のお一人ではありませんか」

「三賢人……」

「森にお隠れになった伝説の魔女・ヴィクトリア様に代わり、この国をお守りくださっている三人の偉大な魔女様ですわ。武に長けた『赤の魔女』様、大陸一の頭脳と名高い『青の魔女』様、そしてあらゆる病を癒すと言われる『白の魔女』様のことです」

ふふっと得意げに語られ、リタはへえーっと感心する。

（私が森に籠っていた間に、そんなに優秀な魔女が現れたのね……）

すっかり老眼が矯正され、リタがしげしげと自身の顔を眺めていると、施術を見守っていたランスロットがようやく声をかけた。

「終わったか？」

「あ、はい！　すごいですよこれ、眼鏡なしでもばっちり！」

「戦場では視界の良し悪しが勝敗を分けるからな。気が済んだら出るぞ」

女性に頭を下げ、先に店外に出たランスロットを追い駆ける。

王都の空は美しいオレンジ色に染まり、すっかり夕方の様相を呈していた。秋の涼やかな風が、二人の間をさあっと駆け抜ける。

「とりあえず、これくらいで問題ないだろ」

「ありがとうございます、何から何まで……」

「さっきも言ったが、これはただの準備だ。明日からはまたビシバシ指導するからな」

「はは……」

相変わらずの生真面目ぶりだ。

苦笑しつつ、迎えの馬車が来ているであろう大広場へと移動する。

その途中、黒いローブを着た集団が目に留まった。

魔女の一行かとも思ったが、どうやら大半が男性のようだ。ローブの下から見える太い腕にはおどろおどろしい模様の入れ墨が刻まれている。

するとかれらは突然、通行人に向けて叫び始めた。

「冥王様の復活こそが、この世界を救う唯一の道である！」

「勇者のしたことは間違いであった。冥王様の支配こそがこの世の幸福だったのだ！」

「修道士は神に背いた異端者、伝説の魔女は呪われし力の持ち主！」

「今こそ、我らの冥王様に栄えあれ!!」

（な、何……!?）

突然の口上に、リタは思わずランスロットを振り返る。

すると彼は忌々しげに眉根を寄せ、はあと大きいため息をついた。

「またあいつらか」

「あ、あの人たちはいったい……」

「冥王教の奴らだ」

ランスロットいわく、十年ほど前から突如現れた新興宗教らしい。

『冥王に下れば、すべての人類が平等なものとなる』という教義を持ち、勇者が冥王を滅ぼしたのは間違いだった、冥王に従っていればもっと幸せな世界になった——という過激な主張を繰り返しているそうだ。

「とんでもないですね……」

「ああ。北部の方では騒ぎになって、王立騎士団が出兵したこともあるらしい」

「ひえ……」

ランスロットの背中に隠れるようにして、信徒たちの前をこそこそと通過する。リタの正体が見抜かれることはないだろうが、なんとなく視線が怖かった。

（せっかく冥王を倒したのに、まさか未来でこんなことになっているなんて……。支配なんて、絶対ない方がいいと思うけどな……）

あの当時、大陸中に飢餓と貧困が蔓延していた。

勇者と修道士が生まれ育った村も、冥王の配下によって燃やされたと聞いている。

（……あの頃は本当に、この国がいつ消えてしまうかというギリギリの状態だった……。罪のない人たちが何人も亡くなって、子どもたちが取り残されて……）

冥王討伐に向かう道中、そうした街や村をいくつも見てきた。そのたびに勇者とヴィクトリアは懸命に埋葬し、修道士が弔いの言葉を唱え続けた。

あの荒寥《こうりょう》とした光景を思い出すだけで、リタの鼻の奥がつんと痛む。

（でも仕方ないか……。三百八十年前のことを知っている人なんて、もう私くらいだろうし……）

自分たちがなしてきたことがすべて否定されたような気がして、リタはきゅっと唇を嚙みしめる。

するとすぐ前を歩いていたランスロットがぼそりとつぶやいた。

「……何も知らないというのは、幸せなことだな」

「えっ？」

リタは思わず顔を上げる。

彼の表情は、今まで見たことがないほど険しかった。

「俺の家は古く、始祖は冥王が存在している時代を生き抜いてきた。それもあって、冥王の行いがいかに恐ろしく非道であったかを、嫌というほど聞かされてきたんだ」

「そうなんですね……」

「ああ」

ランスロットが、ぐっと拳を握りしめる。

「冥王を倒した勇者たちは命を懸けて戦った。それも知らずに……」

「ランスロット……」

「……悪い。お前には関係のない話だったな」

不安そうなリタに気づいたのか、ランスロットはようやくわずかに口角を上げた。

「そういえば知っているか？　勇者が冥王を倒すのに、力を貸してくれた魔女様について」

「し、知っているというか、まあ……」

「伝説の魔女、ヴィクトリア様――」

途端にランスロットの表情が柔らかくなる。

心なしか頬が紅潮し、青い瞳にキラキラとした星が宿った。

「そのお姿は残されている文献や肖像画によってだいぶ異なるが、夜闇のような黒髪と宝石のような青い瞳という点だけは共通している。生まれながらにして強大な魔力を持ち、ありとあらゆる精霊を従えたという伝説の魔女様だ」

「ソ、ソウデスネ……」

「彼女は冥王の支配に苦しむ人々を救うため、その慈愛に満ちた美しい御心に従い、進んで勇者に協力を願い出たという。まさに選ばれし力を持つ者としてふさわしい、本当に素晴らしい女性だと思わないか？」

ヴィクトリアの尊さを、身振り手振りを交えながらうっとりと語るランスロット。

一方リタ――ヴィクトリア本人は、全身から滝のような汗をかいていた。

（下心満載でした……なんて言えない……）

大好きな勇者と、少しでも一緒にいたくて志願したなどとはとても口にできず、リタはぎこちない笑みを顔に張りつけたまま、ふよふよとランスロットから目をそらす。

だが彼の熱弁は止まらず、ますます口調に力が籠った。

「資料では冥王討伐当時、二十歳前後と記録されていたから――もし今生きておられたら、およそ四百歳になるのだろうな」

「そ、それじゃあもう、さすがに生きてないですねー」

「いや、そうと断言するのはまだ早い」

「!?」

「実は、優れた魔女は『不老長命』だと言われている。事実、ヴィクトリア様は御年七十歳を迎えられても、二十歳の頃と変わらないお美しさだったと文献にいくつも残されているからな。その後自らの生まれ育った森に戻られ、後進の魔女の育成に励み——その最期を知る者は、誰もいないという話だ」

「で、でもさすがに四百歳は……」

「そうか？　先ほど話に上がった『三賢人』も皆、百歳を越えていると言われている。俺も直接お姿を拝見したことはないが、噂ではそこいらの貴婦人と変わらないほど若々しく、輝くような容姿をされていると」

（おおう……私クラスの魔女がそんなに……）

いったいどんな魔女なのだろうという興味はあるが、これ以上詳しく聞いたらどこでぼろが出るか分からない。ヴィクトリアに関するあれこれを披露し、どこか満足げに頷いているランスロットを仰ぎ見ながら、リタは「ははは」と曖昧に笑う。

その直後——とんでもない轟音が二人の背後から聞こえた。

「な、何⁉」

「——っ‼」

びっくりするリタをよそに、ランスロットはすぐさま騒ぎの方へと駆け出した。

「ラ、ランスロット⁉」

今すぐ逃げ出したい気持ちを押しとどめ、リタもまたこちらに流れてくる人の波に逆らうようにしてランスロットを追い駆ける。辿り着いたのは市場通りで、破壊されたテントや商品が路上のあちこちに散乱していた。

そこでリタは、頭上で飛び回る『怪鳥』に目を奪われる。

「何あれ……？」

普通の鳥ではありえない、十メートルはありそうな両翼。

それを支える大きな体からは黒い靄《もや》のようなものが常に立ち上っており、その目は灰色に濁り切っていた。嘴《くちばし》とかぎづめは鋭利に尖り、かすめるだけでも致命傷となるだろう。

おまけに怪鳥は先ほどから、黒く燃える火の塊を吐き出していた。

それは地面に触れた途端、ドウンという轟音とともに周囲を破壊していく。

（何あの火球？　まさか魔法――）

するとリタに気づいたのか、ランスロットがこちらに駆け寄ってきた。

「馬鹿、どうしてついてきた！」

「し、心配で……それよりあれは？」

「あれは『冥獣』だ」

「冥獣？」

「十年ほど前から王都を中心に目撃されている。普通の動物に比べ、非常に体が大きく強靭。巷《ちまた》では『冥王復活の前兆』――なんて言われているけどな」

「冥王復活⁉」

とんでもない発言に、リタは血の気が引いた顔で冥獣を見上げる。

こんな巨大な鳥、冥王がいた時代にだって見たことがない。

（冥王の力の残滓《ざんし》に影響された生物？　でも冥王討伐後、生き残りがいないか王国中すみずみまで調査させたはず……。私が王宮にいた五十年の間にも、こんなの出会ったことないし――）

だがリタには、一つだけ既視感を覚える現象があった。

『冥獣』の体から立ち上っている黒い靄のようなもの。あれは紛れもなく『冥王』とそれに類するものに見られた特徴である。

（どうして？　冥王は、確かに勇者様が倒したはずなのに……）

思考にふけるリタをよそに、ランスロットは腰に佩《は》いていた剣を抜いた。

「くそ……見張りの目をかいくぐって、どうやってこんな中心部まで来れたんだ？　まあいい、お前はここから離れて避難しろ。絶対に近づくんじゃないぞ！」

「ラ、ランスロットは……」

「俺は『騎士候補』だ。王都の警備隊が到着するまで、市民を守る義務がある」

「そんな……！」

そう言うとランスロットは、力強く冥獣に向かって走り出した。

（到着するまでって……大丈夫なの⁉）

ギャア、ギャアという冥獣の鳴き声がこだまし、それだけでとてつもない恐怖に襲われる。

すると逃げまどう人々の後ろで、なぜか興奮した声が聞こえてきた。

「おお……見ろ、我らの同胞たちが……！」

「なんと猛《たけ》きお姿！　冥王様のお戻りが近いということか……」

（あれは……さっきの冥王教の人たち？）

腕に入れ墨のある男たちが、どこか恍惚とした眼差しを冥獣に送っている。

『冥王復活の前兆』――と、本気で捉えているのだろうか。

（とにかく、まずはここから離れないと――）

だがリタはそこで、小さな子どもの悲鳴をキャッチした。

慌てて周囲を見回す。

すると崩壊した建物の下で、うずくまっている男の子を発見した。

「だ、大丈夫⁉」

「あ、足を、怪我しちゃって……」

見れば男の子の足には、目を背けたくなるような裂傷ができていた。

今すぐ治療しなければ出血多量で致命傷になりかねないレベルだ。

（どど、どうしよう！　ち、治癒魔法⁉　だけど私の馬鹿みたいな魔力が、子ども相手にどう影響するか想像もつかないし……。ああーっ、こんな時に治癒魔法が得意だったシャーロットがいてくれたらーっ‼）

伝説の魔女と名高いヴィクトリアだが、実は治癒魔法に関してはあまり得意ではない。

その強すぎる魔力が災いして、人体に良からぬ結果を招いてしまうことが多々あったからだ。

かつての養子の一人の名前を脳内で叫びつつ、スカートの端をちぎって応急処置をする。

そこで再び、けたたましい破砕音がリタたちの周囲を揺らした。

「――っ⁉」

どうやら冥獣が近くの塔を粉砕したらしい。

地上に崩れ落ちた瓦礫の山でもうもうと砂ぼこりが巻き起こり、ランスロットの姿はおろか、冥獣がどこにいるのかも視認できない。

（どうしよう、このままじゃ……）

男の子の方をちらりと見る。

あまり長い時間はかけられない――と判断した瞬間、リタは男の子に指示を出した。

「できるだけ身を屈めて、耳を塞いで」

男の子がすぐに従ったのを確認すると、すばやく口元で呪文を紡ぐ。

「土の精霊よ、彼の子に壁を。風の精霊よ、彼の子に守りを――」

男の子の足元にあった土が盛り上がり、盾のようにぐぐっと反り上がる。同時に分厚い大気の壁が男の子を包むように張り巡らされた。

これである程度の衝撃までは耐えることができるだろう。

「少しだけ待ってて。……すぐに終わらせるから」

そう言うとリタは小さく微笑み、男の子を残して市場の真ん中へと戻った。

横転した塔を止まり木のように使い、ギャッ、ギャッと叫んでいる冥獣を発見すると、量産型の杖を差し向ける。

その瞬間――冥王との、かつての激闘を思い出した。

（そっか……あの二人はもう、この世界にはいないんだ……）

勇者《ディミトリ》と修道士《シメオン》。

ヴィクトリアにとって最初で、最後の仲間。

（生きているのは、私だけ……）

心臓がずきんと痛む。

リタは大きく息を吸い込むと、そのまま唇を強く引き結んだ。

（一人でも――なんとかするしかない！）

「雷《いかずち》の精霊よ、我が声を聞き、我が願いに応じよ――」

冥獣がいる場所を中心に、青色に輝く魔法陣が地面に浮かび上がる。

違和感を覚えた冥獣が飛び立とうとした一瞬を狙って、リタは高速で詠唱した。

「天翔《あまか》ける獅子の鉄槌、雷砕《らいほう》、彼の身を撃ち砕け、霳《かみのふるめき》――」

優雅なワルツを踊るかのように身を翻し、杖で地面を次々と叩く。

強大なリタの魔力に耐え切れず、限界を迎えた量産型の杖がばきっと音を立てて割れた。

次の瞬間――青白い巨大な雷が冥獣の脳天を直撃する。

ギャアア、という断末魔を上げながら、冥獣は大きく後ろにのけぞった。

「……っ！」

冥獣はゆっくりくずおれると、黒い砂のようになってサアッと掻き消える。

その終幕を見守っていたリタはこくりと唾を飲んだ。

（やっぱり……冥王たちと同じ……）

かつて倒してきた敵たちの最期を思い出しながら、リタは複雑な表情で見送る。

（どうして三百八十年も経った今になって、こんな……）

まさか、本当に冥王が復活しようとしているのだろうか。今なお残る粉塵と、落雷の焦げ臭さでひりひりする目をこすりながら、リタは「はっ」と顔を上げる。

（そうだ、さっきの子！　それにランスロットも――）

リタは慌てて踵を返す。

すると突然、脇からがしっと手首を摑まれた。

「なっ⁉」

「――失礼、今の魔法はあなたが？」

（この声って……）

すぐさま横を向く。

そこに立っていたのはランスロットだった。

リタはほっと息を吐き出すと、彼に笑みを向ける。

「良かった、無事だった――」

「本当にありがとうございます。あなたのおかげで助かりました。心から感謝申し上げます」

「へ？」

気持ち悪いほど慇懃《いんぎん》な言葉遣いに、リタは唖然としたまま何度も瞬いた。

するとランスロットはリタの手を取り、自身の両手で包み込むようにして握りしめてくる。

思わず上を向くと、頬を赤く染め、真剣な眼差しの彼と目が合った。

「ところで、一つお伺いしたいのですが」

「……？」

「もしやあなたは伝説の魔女――ヴィクトリア様ではありませんか？」

「――‼」

いきなり正体を言い当てられ、リタはびくっと飛び上がる。

（ど、どういうこと⁉　どうしていきなり私がヴィクトリアだと――）

そこでようやく、リタは自身の体を見下ろした。

制服のブラウスを押し上げる豊かな胸。足首まであったスカートはずいぶんと丈が上がっており、そこからすらりとした両足が伸びている。そして腰の下まであるまっすぐな黒髪――。

（待って⁉　もしかして私――）

久しぶりに大規模魔法を使ったから、すっかりそちらに意識が向いてしまったのか。

かけていた変身魔法が、何かのはずみで解けてしまったらしい。

「ひ、ひ、人違いで……」

なんとかして言い逃れようとするが、ランスロットはそんな言葉すら耳に入っていないのか、熱っぽい視線をリタに送ってきた。その頬は薔薇色に染まり、瞳は恋をする少年のようにキラキラと――元々整っている顔がいっそう光を放っているかのようで、その眩しさにリタは思わず目を細める。

やがてランスロットがゆっくりと首を左右に振った。

「いいえ。ぼくの目はごまかされません。夏の夜空を思わせる美しい黒髪。稀有な宝石のように澄み切った青い瞳。そして何より冥獣を一撃で倒すことのできる、あの圧倒的な魔法の力――あなた様こそ、伝説の魔女様にほかなりません！」

（ひいいいー‼）

立ち去ろうにも、ランスロットが手をがっしりと摑んでいるので振りほどけない。助けを乞うように彼を見つめたが、うっとりとした顔つきでこちらを凝視するばかりだ。

どうしよう、と冷や汗をかいていると、やがてランスロットがその場に恭しくひざまずいた。

「出会って早々こんなことを申し上げるのは、大変失礼なことだと分かっているのですが――」

（ま、まずい、このままじゃ……‼）

退学。王都召還。文官たちの前に連れていかれ、朝から晩まで国のために働かされる――。

そんな最悪の想像をしていたリタに、ランスロットは赤面した顔で告げた。

「どうかぼくと――結婚していただけないでしょうか‼」

「なんで⁉」

どこか遠くで、夜の始まりを告げる鐘の音がカラーンと鳴り響いた。

第四章　ランスロットの初恋

翌日、学習棟。

午前の授業を終えたリタが教科書をしまっていると、突然教室のドアがバンッと開いた。

現れたのは険しい顔つきのランスロットだ。

「――リタ・カルヴァンはいるか」

「……!!」

慌てて机の下に身を隠し、そのまま息をひそめる。

だがクラスメイトの目はただ一点にそこを向いており、ランスロットはずんずんと教室の中に入ってくると、リタが隠れている机の前に仁王立ちした。

「ちょっと面《ツラ》貸せ」

「ひ、ひいい……」

呆然とする他の魔女候補たちの間を通り、二人は人気のない裏庭へと移動する。

周囲に人影がないことを確認すると、ランスロットがようやく口を開いた。

「昨日のことだが」

「は、はいっ！」

「……とりあえず、本当に怪我はしてないんだな？」

「……？　は、はい」

「ならいい。時々あとになって痛みが出たりするからな。もし何か普段と違うことがあれば、すぐ俺に報告しろ」

（……てっきり、ヴィクトリアのことを追及されると思ったのに……）

肩透かしをくらった一方、彼が真っ先に自分の体を気遣ってくれたことに嬉しくなる。

しかし続けて、眉間に皺を寄せたランスロットが問いただした。

「それはそうと……お前も見たよな？　ヴィクトリア様」

「――‼」

いきなり本題を突きつけられ、リタは震える声で応じる。

「は、はい……多分……」

「だよな？　夢じゃないよな？　……っ、まだ信じられない……。まさかあの偉大なる伝説の魔女、ヴィクトリア様に直接お会いできるなんて……。しかも俺としたことが手をっ……手を握ってしまった……‼」

「…………」

難しい表情から一変。

まるで恋する乙女のように頬を赤らめるランスロットの姿を、リタは諦観とも傍観とも言いがたい心境で見守っていた。

(どうしてこうなった……)

◇

王都での冥獣騒ぎ直後。

リタ――ヴィクトリアは完全にランスロットに捕まっていた。

(どうしよう、どうしよう!?　ていうか結婚って何!?)

言われた言葉が理解できず、リタはしばしその場に硬直する。

そこに王都の警備隊が到着したのか、遠くから金属の擦れる靴音や、軍馬の蹄が地面を蹴る喧騒が聞こえてきて、リタは「はっ」と我に返った。

(と、とにかく早くこの場を離れないと――)

真剣な瞳のランスロットには申し訳ないが、リタは反動をつけて手を振り払った。

「ヴィクトリア様!?」

「ご、ごめんなさい!!」

驚く彼を残し、リタは慌ただしく踵を返す。

いまだ立ち上る粉塵の中に紛れ込むと、すぐさま視覚遮断の魔法を紡いだ。

(ど、どうしてこんなことに……)

去り際、怪我をした男の子にかけていた防護魔法を解除し、そのまま通りの隅にあった物陰へと転がり込む。ぜえはあと息を切らしながら、急いで変身魔法をかけ直した。

「髪は野ウサギのように、目は葉っぱのように、顔と体は前と同じで‼」

ぽぽぽん、とあっという間に変化し、きつきつだった制服が一気に緩くなる。

ほっと息を吐き出したのもつかの間、頭上からランスロットの声が降ってきた。

「おい、大丈夫か」

「うわぁっ⁉」

「驚きすぎだろ……。まあいい、ここに隠れていたんだな」

手を差し出され、おそるおそる握り返す。

どうやらギリギリ変身魔法が間に合ったらしい。

「無事か？」

「う、うん……」

つい先ほどまで、情熱的な言葉とともに強く摑まれていた手だと意識した途端、思わず顔が熱くなる。羞恥をごまかすように、リタは急いで視線をそらした。

「あっ！　でもあっちに怪我をした男の子が」

「さっき救助されていた。心配するな」

「そ、そっか……」

見れば、ようやく到着した警備隊が現場の確認をしていた。

安堵の表情を浮かべたリタに、ランスロットがどこか深刻な表情で尋ねる。

「ところで……美しい女性を見なかったか？　黒い髪に青い瞳の」

「ミッ……」

瀕死の蝉のような声のあと、リタは返事に窮する。

（ど、どうしよう……⁉　見たって言ったら絶対どこに行ったか聞かれるだろうし、見なかったって言ったら、この近くにいたのが私だけってなるから、私がヴィクトリアだとバレてしまうかもしれない……‼）

ぐるぐると目が回るほど悩んだあと、リタは苦渋の顔つきで絞り出した。

「ミ、ミマシタ……」

「本当か⁉」

「で、でも、自分のことは秘密にしてほしいって言われました！」

「秘密に……？　なぜだ」

「た、多分、騒動になってしまうからかと……」

どきんどきんと高鳴る鼓動を抑えつつ、リタはランスロットの反応を待つ。

彼はしばし不服そうに眉根を寄せていたが、やがて「そうか」と小さくつぶやいた。

「ヴィクトリア様がそうおっしゃるなら、きっと何か複雑な事情があるんだろうな……」

（よ、良かったー‼）

やがて警備隊の一人から声をかけられ、ランスロットがリタを振り返る。

「俺は少し、現場の説明をしてから戻る。迎えの馬車が来ているだろうから、それに乗ってお前は先に学園に戻ってろ」

「う、うん……」

「危ないことに巻き込んで悪かったな。……くれぐれも、気をつけるんだぞ」

そう言うとランスロットは警備隊のもとに走っていってしまった。

ぽつんと取り残されたリタは彼の言葉を思い出し、ぎゅっと胸元を掴む。

(もしかしなくても……心配してくれた？)

その瞬間、いきなりプロポーズしてきた彼の真剣な眼差しを思い出してしまい――。

リタは真っ赤になって「うわああ」と一人身を捩《よじ》るのだった。

◇

そんな恥ずかしい回想を終え、再び裏庭。

ようやく落ち着いたランスロットが、ふむと顎に手を添えた。

「しかし、どうしてヴィクトリア様はご自分の存在を秘密にするようになどと……」

「や、やっぱり驚かせるからじゃありませんかね？　ほら、さすがに四百歳で生きているなんて誰も思いませんし」

「俺はずっと信じていたが」

（うっ……）

迷いのない目で断言され、リタはそれ以上の言葉を呑み込む。

ランスロットは深いため息を吐き出すと、そっと己の手のひらに視線を落とした。

ひどく憂えた横顔は、そのままどこかの博物館に彫刻として展示されそうな美しさだ。

だが——。

「くそっ、こんなことなら彼女の身元が分かるようなものをちゃんと確認しておけば良かった……。あの素晴らしい玉貌に目を奪われてしまい、まとわれている衣装も宝飾品も何もチェックできずじまいだとは……」

「……あのー？」

「いや、そうじゃない。やはりまずはきちんと名乗り——ッ、なんということだ！　俺としたことが自分の名前をお伝えしていないじゃないか‼　これではヴィクトリア様が返事をなさろうにも、いったいどこの誰だという話になってしまう！　なんという不覚ッ……」

「あのー、ランスロットさーん？」

「しかし本当に、思い描いていた以上に美しい御方だった……。あの黒曜石のような黒髪も、サファイアのような青い瞳も、肖像画よりも数倍輝いておられた……。荒れ果てた大地に立っているそのお姿はまさに創世の女神のようで、夕刻だというのにあの御方の周りだけキラキラと光が舞い遊んでいるような神々しさが——」

「ちょっと、聞こえてます⁉」

口から溢れ出すのは、すべてヴィクトリアのことばかり。

胸元を押さえて苦しそうに青ざめたり、かと思えば天を仰いで陶酔するランスロットを前に、リタはおずおずと尋ねる。

「あのー、どうしてそんなにヴィクトリアにこだわるんですか？」

「ヴィクトリア様、だ」

「ヴィ、ヴィクトリア様！　確かに伝説の魔女とか言われてますけど、今はそれよりもっと強い魔女もいるみたいですし……」

「それは……」

リタの問いかけに、ランスロットはしばし沈黙する。

だがじわじわと頬を赤らめると、ぐいっとリタの方に顔を寄せた。

「いいか、誰にも言うな。俺はヴィクトリア様が……好きなんだ」

「――!?」

真正面からの告白に、リタは一瞬頭が真っ白になる。

しかしランスロットの独白は止まらず、彼は積もり積もった思いを一気に語り始めた。

「はじめての出会いは三歳の頃、実家の書庫で見つけた勇者の物語だった。そこで彼を助けたという伝説の魔女の存在を知り、俺は一目ぼれをした」

「ひ、一目ぼれ……」

胸に手を当て、ランスロットは誇らしげに目を瞑る。

「それからはありとあらゆる文献を読み解き、肖像画や彫刻を収集し、彼女がこの世に生きていたらどんなお姿であるかを徹底的に分析した。あの時、一目でヴィクトリア様だと判断できたのはその成果だ」

「は、はあ……」

「同時に、日々の鍛錬も欠かさなかった。いつか伝説の魔女・ヴィクトリア様とお会いできた時、ともに生きることを許されるくらいの騎士になりたい――と。いわば俺はあの方の隣に立つために、騎士を目指していると言えるだろう」

（お、重っ……）

強く拳を握りしめ、曇りなき眼《まなこ》ではっきりと言い切ったランスロットに対し、想像以上の『ヴィクトリア愛』を目の当たりにしたリタは思わず身震いする。

ランスロットはその後もヴィクトリアに関する逸話や、彼女のどこが素敵で、何がどう愛おしいのかを事細かに――それはもう裸足で逃げ出したくなるくらい真剣に語ってくれた。

「こうして伝説の魔女・ヴィクトリア様は、元勇者であった陛下に別れを告げられたあと、ご自分が暮らしておられた森へと戻られ――」

「も、もう十分だから！　十分分かったから!!」

「そうか？　これからが良いところなんだが……」

（これ以上聞いてたら、恥ずかしくて私がどうにかなる！）

静まらない心臓をどうどうと宥めると、リタは慎重に口を開いた。

「と、とにかく！　それくらい伝説の魔女のことが、す、好きだと……」

「ああ、好きだ。大好きだ。愛している。俺のすべてを懸けても守り抜きたい」

（ぎゃーっ‼）

まさか当のヴィクトリア本人を前にしているとは露知らず、ランスロットは大真面目に愛の言葉を畳みかけてくる。なんでこっちがダメージを受けねばならんのだ。

（まあ、出会っていきなりプロポーズするくらいだから、本気なんだろうけど……）

堅物で、まっすぐで。

周囲の反応なんて気にせず、自分の思った通りに行動する。

彼らしいといえば実に彼らしい。

だが――。

（……私はもう、愛とか恋とかに振り回されたくないのよ……）

勇者と、その隣で微笑む王女の姿を思い出す。

二人の婚礼を、王宮の隅から眺めることしかできなかった自分。

あの時は本当に――惨めだった。

「………」

ここでほだされるわけにはいかないと、リタは静かに口を開いた。

「ランスロットの気持ちは分かるけど……。でも、そのヴィクトリア様自身が『自分のことは黙っていてくれ』と言っていたんだし」

「………」

「相手の意思を尊重するのが、本当の優しさじゃないかな……」

まっとうなリタの意見に、ランスロットはわずかに目を見張った。

しかしすぐに睫毛を伏せ、弱々しい声で答える。

「……そう、だよな」

「相手はほら、伝説の魔女なんですから。今もどこかにいるかもしれない、くらいがちょうどいいんじゃないですかね。多分」

今まさに目の前にいるけど、という言葉を呑み込み、リタはランスロットを説得する。

彼はしばらく不満そうにしていたが、やがて「はあ」と小さく肩を落とした。

「確かに……そうかもしれないな」

(よしよし……)

正体を探られることは避けられそうだ、とほっと胸を撫で下ろす。

だがランスロットはしばし考え込んだあと、しごく真剣な顔でリタに尋ねた。

「もしも……もしもなんだが」

「はい？」

「確かにあの時は、偶然だったのかもしれない。だがもしも――もう一度、俺の前にヴィクトリア様が現れてくださった時は、それはもう『運命』と捉えて差し支えないよな？」

「はは……」

（絶対、変身魔法解かないようにしよう……）

もう一度王都に行ってみるか？　いやそれよりは――と何やらぶつぶつ呟き始めたランスロットから、リタはこっそり目をそらすのだった。

◇

ランスロットと別れ、昼休み。

食堂で簡単な昼食をとったリタは、その足で図書館へと赴いた。

（あまり有益な情報はなさそうね……）

調べているのは『冥獣』について。

だがまだ大した情報がないのか、書かれている本はほとんどなかった。

（外見が大幅に異なるから、特定の種が特殊な進化を遂げたというわけではなさそう……。それに絶命と同時に黒い砂化する……あれは間違いなく、冥王に属するものの特徴だった。でも冥王が滅んでから相当経っているのに、今さらその残党が残っているものかしら？）

うーんと首を傾げ、体の前で腕を組む。

少し頭を使いすぎた、とリタは制服のポケットに手を伸ばした。

（確か、アニス先生に貰った飴が……）

しかし上着にもスカートにもそれらしき手触りがない。

「な、失くした……？」

どこで、と言われたら、おそらくランスロットと王都に出た時だろう。店で一度制服を脱いだし、そのあとも冥獣騒ぎやらでそれどころではなかった。

（せっかく先生がくれたやつだったのに……）

すみません、と心の中で謝罪しながらそっと手元の本を閉じる。

タイミングよく午後の授業の始まりを告げる鐘が鳴り、リタはすぐに立ち上がった。

◇

午後の授業は、実習棟での実技講習だ。

実技の時には怪我を防ぐため、生徒たちは全員制服の上から専用のローブを羽織る。もちろん教師であるイザベラとアニスも同様だ。

イザベラが教壇に立ち、いつものように眼鏡を押し上げた。

「今日は最初の実技ということで、精霊との契約について学んでいきましょう」

教科書四ページ、という指示のもと、一斉に本をめくる音がする。

そこには『精霊とは』という見出しが書かれていた。

「我々魔女には、精霊の存在が必要不可欠です。なぜならすべての魔法は、精霊たちの力を借りて起こすものだからです」

カッカツ、とイザベラが黒板に白墨を滑らせる。

一方アニスは、受講する生徒たちの様子を一歩離れた位置から見守っていた。

「精霊たちにはそれぞれ属性があります。主なところでは火、水、風、土……希少な精霊として雷、冷気、光、闇、鏡、時間、空間といったものも確認されています。ただし時間と空間の精霊に関してはあくまでも伝承レベルで、契約したという魔女の記録はいまだありません」

「…………」

リタは口を閉じたまま、もくもくと板書を書き写す。

静まり返った教室の中、イザベラの通る声だけがよく響いた。

「そもそも精霊との契約自体、容易なことではありません。精霊を目視できる魔力感度の良さ、並びに精霊発声法、交渉スキル、対価の設定など——熟練の魔女でも、生涯に一体の精霊を従えることができれば優秀、と言われるほどです」

「でも先生、三賢人はそれぞれ二体の精霊と契約しているって聞きましたけど」

「噂ではそのように言われていますね。真偽は定かではありませんが、確かにあの方たちクラスであれば、それも可能なのかもしれません」

へえーっという声のあと、リタの斜め前に座っていた生徒がひそひそと口を開く。

「じゃあさ、あの伝説の魔女とかだったら、めちゃくちゃ契約していたりするのかな？」

「そりゃーしてるでしょ。精霊を奴隷みたいに扱ってたりして」

「…………」

心なしか顔を強張らせつつ、リタはなおも講義に集中する。

「そのため、我々普通の魔女が魔法を行使する際は、一時的に精霊の力を借りる――という方法をとります。詠唱で指示を出し、魔力を対価に技を発動する。そこで人間にも好き嫌いがあるように、精霊も我々に対しての『相性』というものがあります」

すると脇にいたアニスが、複雑な魔法陣が縫い取られた黒い布を取り出した。

それを前にイザベラが説明する。

「これは、あなたたちがどの精霊と相性がいいかを判別する『レインガーテの証《あかし》』という道具です。今日はこれを使って、相性のいい精霊を調べてもらいます」

「……！」

「相性のいい精霊が分かれば、おのずと習得すべき魔力の系統も絞られてくるはずです。それではリーディア・プライスト、前へ」

「はい」

名前を呼ばれたリーディアは堂々と立ち上がると、優雅な仕草で壇上へと向かった。

「この陣の上に両手を掲げ、魔力を集中させなさい」

「大丈夫ですわ先生。これでしたら、すでに経験がありましてよ」

リーディアが自信満々に「ふっ」と微笑む。

その瞬間、魔法陣の上に小さな水球――そして、わずかな雪の結晶が舞い飛んだ。

「これは……」

「わたくし、水と冷気の精霊に適性がありますの。二つの属性、しかも冷気が現れることは大変珍しいと、家庭教師の先生にもとても驚かれましたのよ」

「わあ、すごーい！」

「……確かに、とても貴重ですね」

純粋に感心するアニス。

そしてあの厳格なイザベラが珍しく驚いた顔を見せた、と教室内がにわかにざわめく。

一方リタは、椅子に座ってだらだらと冷や汗をかいていた。

（だ、大丈夫よね？　多分……）

一人、また一人と次々に精霊との相性を確かめていく。

ほんの一瞬火花が飛んだり、小さな土の欠片が転がったりと、適性の現れ方は様々だったが――

最初に試したリーディアほどはっきりと発現する者はいなかった。

次、とイザベラが名前を呼ぶ。

「ローラ・エマシー」

「はっ、はいっ!!」

うわずった返事とともに、リタのすぐ前に座っていた赤毛の少女が立ち上がる。

どたどたと通路を歩いていく姿を見た級友たちが、またもこそこそと耳打ちを始めた。

「見てあれ、でっかーい」

「ほんとに魔女？　騎士科に行った方が良くなーい？」

（……？）

くすくす、という笑い声を耳にしたリタは、あらためて前を見る。

壇上に上がっていたのは背が高く、女子にしては体格のいい魔女候補――選考会の時、リタの隣で震えていた子だ。

（あの子、私の次に成績が悪かった……）

ローラと呼ばれた女子は、顔を蒼白にしたままおそるおそる手を差し出した。

目を瞑って強く祈る――その瞬間、ぼわっと真っ赤な炎が巻き起こり、卓上に置いてあった『レインガーテの証』をまるごと燃やしてしまった。

それどころかイザベラにアニス、最前列の生徒の服にまで火が届き、教壇近くが一気にパニックになる。

「きゃあっ！」

「やだ、火がっ！」

「ご、ごご、ごめんなさい、あたし――」

「全員、急いでローブを脱いで！」

イザベラからの指示に、最前列の生徒が慌てて火のついたローブを脱いだ。

アニスは脱ぐより先に「いやーん！」と言いながら自身のローブの袖を何度も叩き、イザベラはローブを脱ぎ捨てて魔法を唱える。

「水の精霊よ、降り注げ！」

ばしゃっ、と上空に現れた水球が破裂し、火は一気に掻き消された。

魔法で全員のローブを乾かしたあと、イザベラが「はあーっ」と深いため息をつく。

「ローラ……あなた」

「も、申し訳ありません……」

「問題ありません。それより、あなたにはとても強い火の適性があるようですね」

「………」

その後もすみません、すみませんを連呼しつつ、ローラが自分の席に戻ってきた。

やがてリタは、教壇にいたイザベラと目が合う。

「――最後、リタ・カルヴァン」

「は、はいっ！」

緊張した面持ちで慌ただしく教壇へ。

リーディアをはじめ、他の生徒たちはにやにやとリタの動向を眺めていた。

予備の布が差し出され、リタはこわごわと両手を構える。

(どうか……大ごとになりませんように……)

額に汗を滲ませながら、リタは少しずつ手のひらに魔力を集中させる。

だが魔法陣の上にはなんの現象も起こらない。

「………」

「やだー、全然出ない子とかほんとにいるんだ」

「魔女に向いてないんじゃない？」

ささやかな悪意が飛び交い始めたのを見かねて、イザベラが制止する。

「……もう結構。あとで——」

その瞬間、教室の窓がビシッと音を立てた。

驚いた生徒たちが一斉にそちらを振り返る。すると先ほどまでなんの変哲もなかった窓ガラスに、バリバリバリッと大きな亀裂が横一直線に走った。

追い打ちをかけるように、雷がけたたましい音を立てて中庭に落下する。

「あなたたち、窓から離れなさい‼」

イザベラは窓際の生徒たちを避難させると、同時に杖を構えた。

直後、雲一つない快晴だった空から、突然滝のような豪雨が降り始める。さらにハリケーンのような嵐が実習棟を襲い、窓枠が今にも壊れそうな音を立てた。

生徒たちの悲鳴で教室内が一気に騒然とする。

（ま、まずい……‼）

そうこうしているうちに今度はぐらり、と床全体が上下に揺らいだ。地震だ。

リタはすぐさま床に四つん這いになり『精霊の声域』で話しかける。

『お願い、静かにして！』

『ん？　呼んだんじゃなかったのか？』

『あとで説明するから、とにかくいったんみんな帰ってもらって！』

ほーい、という間延びした返事のあと、ようやく大地の揺れが収まる。

窓の外には雨どころか雪やら花まで降っていたのだが、突風がすべてをさらってしまったのか、中庭にもベランダにも何一つ残っていなかった。

割れた窓ガラスを魔法で接合したあと、イザベラが眼鏡の位置を正す。

「……今日は別の階で、三年生の実力テストが行われています。おそらくその影響でしょう」

「び、びっくりしたあ……」

「三年生って、すごいんだー……」

誰ともなくつぶやいた言葉を最後に、ようやく教室内に平穏が戻ってきた。

すごかったねー、怖かったーという囁き合いの中、リタはこそこそっと自分の席へと帰る。

ほっと胸を撫で下ろしたのもつかの間、教壇からイザベラの声が飛んできた。

「リタ・カルヴァン、あなたは追試です。放課後、私の研究室に来るように」

「は、はーい……」

再びくすくすという笑い声が起こり、リタは無事『Cマイナス』の評価を貰ったのだった。

◇

放課後。

イザベラの研究室に向かう前に、リタは一人裏庭に来ていた。

『ごめんみんな、集まって』

人の耳では認識できない言語で囁く。

するとリタの周囲にふわふわとした小さな光が集まり始めた。赤に青、緑、黄色、水色――大きさも輝きも異なる発光体が、賑やかにリタの周りを取り囲む。

やがてその一つが、可愛らしい声を上げた。

『ヴィクトリアーっ！　あっ、今はリタなんだっけ。今日は呼んでくれてありがとーっ！』

『エリシア……あの大雨はあなたの力よね』

『うん！　他の精霊たちも張り切ってたよ、自分がいちばんリタと相性イイって！』

『はは……』

すると一際大きな赤い光が、呆れたように発した。

『お前ら、だからってあんなに派手にすることたないだろ』

『アルバンテール、そういえばあなたは出てこなかったわね』

『当たり前だろ。俺が出て行ったらそれだけで騒動になる。ま、そもそもどうして〈伝説の魔女〉であるお前がこんな子どもだましなことやってんだ、って呆れてただけだがな』

『それにはこう、色々と事情がありまして……』

やがていちばん小さな銀色の光が、穏やかに話しかけた。

『そういえばヴィクトリア、若返りの魔法は成功したのですね』

『あなたのおかげよ、エイダニット』

『わたしはただ力を貸しただけ。それを現実の理に組み込んだのは、ひとえにあなたの努力にほかなりません。さすが、このわたしと契約を結んだ〈唯一の魔女〉なだけあります』

『契約だなんてそんな……。私はみんなに助けてもらっているだけで、今もなんていうか……友達としか思えないし……』

精霊との契約には、いくつもの条件が必要とされる。

その要素が特に強い地域に赴き、精霊格の存在を認知。さらに精霊にしか聞こえない声域で会話をし、こちらの出す条件と相手の望む要件——それは膨大な魔力であったり、時には供物を要求されたり——を提示し、承諾が取れれば無事成立という流れだ。

だがこの体系ができたのはごく近年の話であり、リタ——ヴィクトリア時代には、そんな考え方自体が存在しなかったのである。

『ほんとほんと、最近はなんか形式ばっかりにこだわって、こっちに対して誠意のある魔女が少なくなってきたのよねー』

『強い精霊を従えることこそが正義、みたいにな』

『その点ヴィクトリアは、生まれた頃からずーっと仲良しだもんねーっ』

『うん……みんな、いつもありがとね』

リタは生まれながら有していた膨大な魔力が目印となり、幼い頃から自然と精霊たちが集まってくる体質だった。そのため誰に教えられるでもなく、ごく当たり前のように精霊たちの姿を目で捉え、彼らの会話を耳で聞くことができた。

そんな彼らの望みをかなえているうちに、数多くの精霊たちがリタのことを手助けしてくれるようになったのだ。

『あっ、でもこれから追試だから。みんな、ちょっと出るの控えてくれる？』

『そーう？　分かったー！』

朗らかな精霊の返事にほっとしたところで、リタはあらためて彼らに尋ねた。

『そういえば、みんなは冥獣って知ってる？』

『めーじゅー？』

『ほら、むかーし冥王がこの世界に現れた頃、怖い敵がいっぱいいて……』

王都で見かけた冥獣について問いかけるも、それぞれ微妙な反応だ。

『名前だけは聞いたことはありますが、ただの突然変異なのでは？』

『でも特徴がすごく似ていたのよね。それに普通の動物とは思えない感じだったし』

『ではやはり冥王の影響でしょうか。どこかで冥府に繋がる扉が開いて、そこから瘴気《しょうき》が漏れ出したとか……』

『もしかして、冥王が復活しようとしているの？　やだーっ』

『冥府の動向は分かりません。ですがあれだけの存在が移動すれば、さすがにわたしどもも気づきます。そういった意味では、まだ冥王がこちらの世界に来ている様子はないかと』

（うーん……彼らにも分からないみたい。とりあえず様子見かな……）

精霊たちにお礼を言って別れたあと、リタは追試のためイザベラの研究室へと向かう。

するとその途中、建物の陰から男性の大きな罵倒が聞こえてきた。

（な、何⁉）

回り道しようにもそこを通らねば実習棟に行くことができず、リタはおそるおそる声のした現場へと近づく。そこにいたのは一組の男女。男子は騎士科の一年生。

そして女子は、先ほどの授業で魔法陣を燃やし尽くしたローラ・エマシーだった。

「おい、何回言ったら分かるんだ！　ちゃんと俺の言う通りにしろ‼」

「ご、ごめんなさい、ごめんなさい……‼　次はもっと、頑張るから……」

「チッ……ビリから二番目のお前をパートナーとして拾ってやったんだ。噂じゃ、もうすぐ合同授業もある。その時恥かかせたら――分かってんだろうな？」

「は、はい……」

（こ、怖ぁ……）

どうやらパートナーを組んでいるらしい――ということは分かったが、それにしたってこの一方的な上下関係は正しいのだろうか。

リタがはらはらと動向を見守っていると、やがて男子の方が苛ついた態度で離れていった。戻ってこないのを確認してから、リタは残されたローラのもとに駆け寄る。

「あ、あのー……大丈夫ですか？」

「あなたは……ええと、リタ、さん？」

「はい。えっと、別に盗み聞きしていたわけではなくて、たまたま通りがかっただけなんですけど

「……その、だ、大丈夫ですか？」

二回も大丈夫かと聞いてしまった、とリタは一瞬焦る。

だが真意は伝わったらしく、ローラはひどく落ち込んだ様子で俯いた。

「あたしがいけないんです。才能が全然なくて……。魔女ならもっと、騎士様をサポートできないといけないのに……」

「……あなたはさっきの授業で、とても素晴らしい火の精霊への適性を見せていたわ。才能がないなんて思えないけど」

「あれは……。あたしの家では代々、火の精霊様を崇めてきたんです。多分そのせいで……。あたし自身には魔法を扱うだけの器量なんて、とても……」

大きな瞳に涙をいっぱい滲ませていたローラだったが、やがてぐいっと目元を拭うと、勢いよく立ち上がった。

「すみません、恥ずかしいところをお見せして」

「い、いえ……」

「これからまた練習しないといけないんで。失礼します！」

そう言うとローラはリタに頭を下げ、男子が向かったのとは反対方向に走り去った。

リタはそれを見て「うーん」と首を傾げる。

（本当に……大丈夫かしら？）

その後もリタは、パートナーに叱責されるローラの姿をたびたび目撃した。

練習も夜遅くまでしているのか、顔を見るたびにやつれていっている気がする。

おまけに——。

「ローラ、その傷……」

「これはその、ちょっと転んじゃって……」

ある日ローラが、頬に大きなガーゼを貼ってきたことがあった。

翌日は足、その次の日は腕にと、日を追うごとに別の場所に包帯が巻かれていく。

「やっぱり無理しない方が……。イザベラ先生に相談してみたら？」

「だっ、大丈夫です！　ちょっと魔法に失敗しただけで」

「でも……」

「ほ、本当に、なんでもない、ので……」

「………」

本人が平気だと言う以上、リタが騒ぎ立てるわけにもいかない。

授業にもあまり集中できていないらしく、イザベラから注意される回数も増えていた。

◇

そして二週間が経過した頃、はじめて騎士科との合同授業が開催された。

騎士服を着たランスロットがリタの前に立ち「ふっ」と微笑む。

「やっと来たのか、制服」

「はい！」

その言葉に、真新しい制服に手を当てたリタが元気よく頷いた。

昨日ようやく王都の店舗から届いたのだ。

「その節は大変お世話になりました」

「礼はいい。お前は俺のパートナーだからな」

「ところで、制服以外にも大量のドレスが届いたんですが……」

「どうせ必要になるだろ？　学内パーティーで」

（げっ、そんなのあるんだ……）

小さなクローゼットがキラキラしいドレスでいっぱいになってしまった光景を思い出し、リタは引きつった笑いを浮かべる。ヴィクトリア時代にも数えきれないほど舞踏会に誘われたが、何かにつけてすべて断っていた。できれば今後も全力で回避したい。

（でも新しい制服は、やっぱりちょっと嬉しいかも……）

ぶかぶかだったおさがりとは違って、小柄なリタの体にもぴったりだ。

同梱されていたこちらも新品のローブを羽織り、リタはその場でくるりと一回転する。

「そういえばこっちもすごいんですよ。この羽根のような軽さ！　こんな着心地のいいローブ、今まで着たことがないです！」

「喜んでもらえて何よりだ。それより、杖の方はいいのか？」

「もちろん！」

ちょっと呆れたように笑うランスロットに向けて、リタはドヤ顔で新しい杖を取り出す。

こちらもまた昨日一緒に届いたものだ。

（いやー、自分で作らない杖なんて、どうなることかと思っていたけど……）

あとから知ったことだが今の時代、自分で杖を作る魔女は『時代遅れ』らしい。

それを専門とした魔女が彫り上げ、加工調整することがほとんどらしく、値段によって質も精度もピンキリ。今回仕立ててもらったのは、素材も装飾も最高級の逸品である。

ちなみにローブに収納しやすいよう、長さも自在に調整できるようになっていた。

（借りていた杖を壊した時は、イザベラ先生からめちゃくちゃ怒られたけど……。この杖なら魔力の出力調整がしやすいから、魔法も上手く調整できるかも！）

うきうきと目を輝かせるリタを見て、ランスロットもまた嬉しそうに目を細める。

そのまま腕を伸ばすと、リタの頭をがしがしっと撫でた。

「なっ!?」

「その様子なら、ちゃんとこれまでの特訓の成果を発揮できそうだな？」

「あ、当たり前です！」

「まあ無理はしなくていい。はじめてだから、勝手も分からんだろうしな。……心配するな。パートナーとして、お前に恥ずかしい思いは絶対にさせないから」

(ランスロット……)

頼もしいその言葉と同時に、彼の大きな手が頭に乗っかっていることを強く意識してしまい、リタはじわりと赤面する。考えてみれば、ヴィクトリア時代には誰かから頭を撫でてもらったことなど一度としてなかった。

(うう……なんなのかしら、このむずむずした感じ……)

照れをごまかすように、リタはふいっと視線をそらす。

そこでふと、会場の隅にいたローラの姿を発見した。隣にはパートナーの騎士候補がいたが、特に会話をするでもなく、ただ怯えた様子で俯いている。

(ローラ……大丈夫かな……)

やがて騎士科の担任が大きく声を張り上げた。

「それではこれより、魔女科との合同授業を開始する！　今回は、魔法で作製された獣をターゲットして使用。各々の持てる技を駆使して、三分以内に倒せたペアのみを合格とする。それではまず、ランスロット、リタ！」

「はい！」

「は、はいっ！」

いきなり指名され、リタはびくりと飛び上がった。

開始位置に向かう間、ランスロットがひそっと話しかけてくる。

「お前、土の精霊との相性は？」

「まあ、悪くはないと思いますけど……」

「そうか。見てみろ」

言われるまま、討伐対象の獣の方を見る。

黒い狼のような様態だが、リタの知るそれよりもずいぶんと四肢が発達していた。

「あの獣、足の筋肉が異常に発達している。おそらく見た目以上の俊敏性や回避能力を付与されているんだろう」

「なるほど……」

「土でなくてもいい。あの獣の動きを封じることはできるか？」

「や、やってみます！」

正直、リタ一人であれば開始直後に消し炭にできるのだが、あまり目立つことをして正体がバレたら元も子もない。二人が獣と向き合った直後、担任の号令がこだました。

「それでは、始め‼」

「――土の精霊よ、彼の者の周りを覆い尽くせ！」

担任の号令とほぼ同時に、リタが魔法を詠唱する。

新しい杖の効果は絶大で、想定していた規模そのままの土の壁が出現した。

「よし、これで――」

だが獣は一瞬だけたじろいだものの、壁の上部が開いていることに気づき、すぐさま土壁を蹴って上り始めた。体形にそぐわない軽々とした跳躍に、リタは思わず愕然とする。

（あーっ、上も塞いでおくべきだったー！　というかすごい脚力ね⁉）

予想外の逃走にリタは慌てて魔法を追加しようとする。

だが詠唱を始めるより先に、ランスロットが「待て！」と走り出した。

「俺が行く！」

「えっ⁉」

そう言うとランスロットは、リタが生み出した土壁を獣と同じ速度で駆け上る。あっという間に獣の高さにまで到達すると、鮮やかに剣を振り下ろした。

「――――っ！」

獣は光の粒となり、あっけなくその存在を失う。

この間わずか八秒。

文句なしの評価『S』。合格だ。

「す、すごい……あの高い壁を脚力だけで登れるなんて……」

「別に普通だろ。そもそもお前が作り出した足場があってこそだ。よくやった」

「え、えへへ……」

珍しく褒められ、リタはついしまりのない顔を浮かべてしまう。

その後も試験は続き、時間ギリギリでなんとか成功するペア、最後まで獣を捕らえられないペアなど、成功率は五割程度といったところか。

やがてローラたちの番となった。

騎士候補の指示のもと、火球を飛ばして攻撃するローラだったが、獣の速度がそれを上回っていていっこうに当たらない。残り一分を切った時点で男子生徒ががむしゃらに剣を振るったが、やはり倒すことはできなかった。

「そこまで！　倒せなかった原因を話し合い、次に生かすように。次！」

「…………」

忌々しげな表情の騎士候補と、先ほどよりいっそう顔色を悪くしたローラが見学席に戻ってくる。その様子をリタが見つめていると、隣にいたランスロットがぼそりとつぶやいた。

「あれは騎士側の采配ミスだな」

「えっ？」

「あの魔女候補の使う魔法は、今回の敵と相性が悪かった。敵の周囲を火焔《かえん》で取り囲むか、剣に炎を効果付与《エンチャント》させればまだ勝機はあったかもしれんが」

「なるほど……」

瞬時の判断力、それによる戦いの構成。

さすが騎士科一位というのは伊達ではないらしい。

リタがひとしきり感心していると、突然背後から「あの！」と声をかけられる。

「す、すみません、お話し中……」

「アレクシス！　どうしたの？」

振り返ると、眉尻を下げて申し訳なさそうにしているアレクシスが立っていた。

「こ、この次の次くらいが、僕の番なんだけど、その……良かったらリタに、手伝ってもらえないかなって……」

（そういえば……）

アレクシスには決まったパートナーがいないため、以前協力を依頼されていた。

ちらりとランスロットの方を見る。

彼は少し考えているようだったが、すぐに笑顔で送り出してくれた。

「俺のことなら気にしなくていい。お前にとってもいい練習になるしな」

「あ、ありがとう」

するとそのままアレクシスの方に向き直り、騎士としてのアドバイスを語り始めた。

「あの仮想敵だが、見た目だけで判断をしないことだ。それからパートナーの助力は確かに重要だが、それを当てにしすぎている奴は騎士としてふさわしくない。危険に晒すこともだ。授業とはいえ、こいつのことは必ず最後まで守り切れ」

「は、はいっ……！」

（うう、ちょっと恥ずかしい……）

まるで娘を嫁に出す父親のようなランスロットの口ぶりに、リタは呆れを通り越して羞恥心を覚えてしまう。その後もあれこれと言いたそうなランスロットを見学席に残し、アレクシスとともに二回目の開始位置に着いた。

再戦となるリタは、あらためて敵の捕らえ方を考える。

（さっきは跳躍力を低く見積もっていた。でも最初から上まで覆ってしまうと、剣での攻撃手段がなくなる。なら――）

担任の野太い「始め！」の合図に合わせ、リタはすばやく杖を構えた。

「――土の精霊よ、彼の者を取り囲め」

一戦目と同様、獣の周囲に分厚い土壁がせり上がる。

獣もまた慣れた様子で、飛び上がる予備動作を見せた――そのタイミングを見計らって、リタは新たな魔法を重ねる。

「――草の精霊よ、彼の者を縛り上げよ！」

地面から生えた植物のつたが、みるみるうちに獣の体に絡みつく。

跳躍した瞬間はそれ以上移動できない――それを狙っての二段階捕獲だ。

「アレクシス！」

「う、うん！」

リタの叫びに背中を押されるようにして、アレクシスが植物のつたごと獣を叩き切る。

獣はあっという間に光の粒となり、背後で「合格！」という声が響いた。

「や……やった！　ありがとう、リタ……！」

「どういたしまして。アレクシスも迷いない太刀筋だったと思うわ」

「リタが敵を捕まえてくれたからだよ。やっぱりすごいな……」

「そ、それほどでも……」

うっとりと尊敬の眼差しを送ってくるアレクシスに、リタは照れたように頰を搔く。

そこにイザベラが訪れ、リタの魔法を素直に評価した。

「リタ・カルヴァン。実に素晴らしい魔法構成でした」

「あ、ありがとうございます！」

「その杖はあなたにとても合っているようですね。今後の授業でも期待していますよ」

「は、はい……！」

珍しくイザベラに褒められ、リタは思わず顔を赤くする。いくつになっても認められるのは嬉しいものだ。

意気揚々とランスロットのもとに戻ってきたところで、なぜか得意げな彼から出迎えられた。

「リタ、いい戦い方だったぞ」

「み、見てたの？」

「当たり前だ。やっぱりお前はやればできる奴だな」

（ううっ……）

彼のストレートな称賛に、リタは無条件にドキドキしてしまう。お世辞やごまかしを言わないランスロットだからこそ、本気でそう思ってくれたのがよく分かった。

熱くなった頰に手の甲を押し当てつつ、きょろきょろとローラたちの姿を探す。

「ランスロット、あそこにいた二人は？」

「少し前にどこかに移動したぞ。反省会じゃないのか？」

「反省会……」

　確かに、他にも何組か姿を消しているペアはある。

　だが妙な胸騒ぎを覚えたリタは、ランスロットに背を向けた。

「ごめん、ちょっと探してきていい？」

「なぜだ？」

「ちょっと気になって……すぐ戻るから！」

　するとランスロットは、ふむ、と顎に手を添えた。

「なら俺も行こう」

「えっ」

「どうせあとは見ているだけだ。多少席を外していても成績に差はつくまい」

「そりゃそうだけど……」

　言い争っている時間も惜しく、リタはランスロットとともにローラたちを探す。

　学習棟、実習棟、学生寮——と回っていたところで、ようやく裏庭にいる彼らを発見した。

　しかしどこか様子がおかしい。

「——おい、どうしてくれんだよ‼」

「ご、ごめんなさい！　次は……ちゃんと……」

「うるせえ‼」

（——‼）

その瞬間、男子生徒はローラの頬を平手で殴りつけた。

ローラはよろめき、近くにあった壁にどんっと叩きつけられる。

「なっ⁉　えっ⁉」

「あれは……ローデル子爵家の次男だな」

突然のことに取り乱すリタとは対照的に、ランスロットは険しい面持ちで状況を分析する。

物陰から見られていることに気づかないまま、男子生徒はなおもローラを叱り飛ばした。

「まだ殴られ足りないか？　あ？　今までにも散々指導してやったのによお！」

（指導って……まさか……）

毎日のように増えていたローラの傷。てっきり魔法の練習でついたものだと思っていたのだが
——もしや彼の暴力でできたものだったのか。

どうしよう、とリタが動揺していると、隣にいたランスロットが自身の剣の柄に手をかけた。

「——よし、ヤるか」

「えっ⁉　ささささ、さすがにそれは犯罪では」

「馬鹿、殺すとは言ってない。ちょっと制裁を加えるだけだ」

（め、めちゃくちゃ怒ってる……）

ランスロットの『騎士』としての逆鱗に触れたのだろう。今にも白手袋を叩きつけ、決闘を申し込みそうな形相で男子生徒を睨んでいる。

（でも確かに、このまま見過ごすわけにはいかない……）

リタは覚悟を決め、声をかけようと一歩を踏み出す。

だが次の瞬間――俯いていたローラが突如顔を上げ、男子生徒の手首を摑んだ。

「なっ、何を――いたたたたたっ⁉」

そのまま男子生徒の腕を捻り上げる。

男子生徒は必死にローラを引き剝がそうとしたが、いっこうに振りほどけない。

「やっ、やめろ！　折れる――」

「………」

「ローラ⁉　さ、さすがにそれ以上は……」

異様な状況に慌てて飛び出した二人だったが、ローラはなおも離そうとしない。リタが駆け寄り、その腕を摑もうとすると「うるさい！」と乱暴に振り払われた。

「ロ、ローラ……？」

「うるさい、うるさい、うるさいっ……！　もうみんな、だいっ嫌い……‼」

気が動転しているのか、ローラはリタに向かって拳を振り上げてくる。

（い、いったいどうしちゃったの⁉）

すると間に入ったランスロットが、すばやくそれを受け止めた。

「おい。怒りたい気持ちは分かるが、少し落ち着け」

「う……るさいっ！」

ローラはそのまま足を高く蹴り上げる。

ランスロットはすぐに身構えたが、わずかに遅れが出てしまった。その隙をついて、ローラは強い一撃を彼に浴びせる。

「……っ！」

「ロ、ローラ‼」

強烈な蹴り技から、続けて上体を振りかぶっての力強いパンチ。しなやかな体の動きはもはや魔女というより、剣を持たずに戦う『武装修道士《モンク》』のようだ。

そのうえ――。

（何あれ……？　全身から、黒い靄みたいな……）

冥王、冥獣――。

彼らに共通する不自然な黒い霧が、ローラの全身からわずかに立ち上っていた。

（まさか冥獣？　でもどうして人の体から――）

だがリタが戸惑っている間も、ローラは猛撃の手を止めようとしない。

防戦一方になっているランスロットの姿を見て、リタは脳内回路をフル稼働させた。

（とりあえずローラを止めないと――）

するとローラは何ごとかをぶつぶつ唱え始めた。直後、彼女の両手から真っ赤な炎が立ち上る。

それを見たリタはさすがに仰天した。

（拳に直接炎を⁉　そ、そんなことしたらあとで大変なことに――）

さすがのランスロットも焦ったらしく、「おい！」とリタに向かって叫んだ。

「いったん逃げろ！　誰か教師を呼んでこい！」

「わ、分かっ——ぎゃーっ⁉」

しかしリタが走り出そうとした瞬間、その鼻先へローラの拳が繰り出される。

すんでのところで避けたものの、代わりに打撃をくらった近くの大木に放射線状の割れ目が入り、拳に宿っていた炎がぼわっと幹全体に燃え移った。

（こ、このままじゃまずい！）

リタは転がり出るようにして距離を取ると、ローラに向けて詠唱する。

「——土の精霊よ、彼の者を覆い尽くせ！」

ずずん、という重々しい音とともに、石牢のような壁がせり上がった。

だがローラの四方を囲い込んだと思ったのもつかの間、彼女は拳一つでいとも簡単にそれらを破壊してしまった。炎を効果付与《エンチャント》したことで、破壊力が倍増しているのだろう。

「う、嘘ぉ……」

あまり強力な魔法にしてしまうと、ローラを傷つけるかもしれない——と制限していたとはいえ、伝説の魔女としてはなかなかショックな光景である。

リタは仕方なく、彼女が壁の外に踏み出したところで別の魔法を展開した。

「草の精霊よ、もう一回、お願い‼」

先ほどアレクシスとの実技で見せた植物のつたが、しゅるるとローラの足と腕に絡みつく。

それを見たランスロットは「おい！」と驚いた顔を見せた。

「燃やされるだけじゃないのか？」

「これは水分量の多い、燃えにくい植物です」

「燃えにくい植物……」

一般的に植物は、薪や枯草など着火しそうなイメージが強い。

だが実際に燃えやすいのは乾燥などで水分量が減少していたり、脂分を多く含んでいる植物に限られるのだ。

（これで少しでも、時間稼ぎができれば……）

リタの思惑は功を奏し、つたはローラの炎に触れてもしばらく耐えていた。

しかし思った以上に強力だったのか、想定よりも早くつたが焼き切られそうだ。

（どうしよう⁉　凍らせる？　岩で固定？　でもどれもローラを傷つけてしまいそうだし――）

すると突然リタの脇を、一陣の風がざっと吹き抜けた。

ランスロットが駆け出し、そのままローラのみぞおちにすばやく掌底を叩きつける。

「かはっ‼」

「ランスロット⁉」

「ちょっと気絶させるだけだ」

ローラは胃の中のものを多少吐き出し、ぐたりとランスロットにもたれかかった。

彼女の背中が上下していることを確認し、ほっとしたリタだったが――その直後、背後からメリメリメリッという恐怖の音が響いてくる。

「もしかして……」

おそるおそる振り返る。

そこでは先ほどローラの攻撃を受けた大木が、真っ赤に燃えながらゆっくりと奥の建物に向かって倒れているところだった。

「ぎゃーっ⁉」

リタはかつてないほどの悲鳴を上げると、急いでランスロットに叫んだ。

「ちょっとローラと、その人お願い！」

「あっ、おい‼」

ローラを支えたままぎょっとするランスロットを残し、リタは一目散に大木が倒れゆく先へと向かう。その途中、慌てた様子のアレクシスとすれ違った。

「リタ⁉　なんかすごい音がしたけどいったい――」

「ごめんアレクシス、この先にランスロットがいるから手を貸してあげて！」

「それはいいけど、リタは――」

「急用‼」

短くそれだけを言い残すと、リタは全力疾走する。

ようやく辿り着いた目的地――図書館の前でリタは言葉を失った。

倒壊した木が図書館の壁の一部を破壊しており、さらに地面の芝を伝ってそこら中に火が燃え広がっている。多少の水では消しきれない規模だ。

（早くしないと、本が……‼）

リタは杖を取り出すと、ずんっと地面に突き刺した。

「地の精霊よ、崩れた建物の一部を補え！　冷気の精霊よ、炎を拒絶せよ！」

書物を守るための壁を作り、炎を弾き返す氷のベールをまとわせる。

だがこれは一時しのぎにしかならない。


「水の精霊よ、我が声を聞き、我が願いに応じよ――」


どこかで水の精霊・エリシアの「はぁーいっ！」という声が聞こえた。

杖を中心に現れた魔法陣は、以前冥獣を倒した時のものより遥かに大きい。

「大地を潤す恵みの水、猛き炎を鎮めよ、深雨《しんう》、霤《あましだり》――」

詠唱を終えた直後、雲一つない空から突然ざあーっと音を立てて雨が降り始めた。

恐ろしい勢いで燃え盛っていたローラの炎は、どす黒い煙を巻き上げながら、少しずつ消えていく。


（良かった……本たちは無事みたいね）

その場でびしょぬれになりながら、リタはほっと胸を撫で下ろす。すっかり炭化した大木を見つめながら、あらためて先ほどの一件を思い出した。

（確かにローラは炎の精霊と抜群に相性が良かった。でも、これだけの大木を燃やしきる火力が出せるなんて……。そもそもあの時のローラは、どう見ても尋常じゃなかった――)

妙な胸騒ぎがして、リタは「うーん」と両手で頭を掻く。

そこで髪の手触りが、妙にぺったりしていることに気づいた。この質感は。

(いけない、また変身魔法が解けて……)

すぐにかけ直そうとする。

だがその瞬間、背後から突然声をかけられた。

「お待ちください‼」

(――っ‼)

その声の正体に気づいたリタは、思わずその場で硬直する。

案の定――ランスロットが駆け寄ってきた。

「やはり……ヴィクトリア様……」

(あああっ……!)

ランスロットは倒れた巨木と土壁に覆われた図書館を見て、すぐに状況を理解する。

「もしや、これはあなたが?」

「ええと、まあ、その……」

「ありがとうございます! あの、ところでこっちに魔女候補が来ませんでしたか? 茶髪で小柄で、なんかいつもあわあわしている感じの」

(いつもあわあわってなによ!)

思わず言い返したくなったが、リタはすっと明後日の方向を指し示した。

気持ち、声のトーンだけ落としてみる。

「彼女なら、教師を呼びにあっちに行ったわ」

「そう……ですか。……良かった、てっきり一人で無茶しているのかと」

（ううむ……鋭い）

でもなんだか胸の奥が温かくなり、リタはつい口元をほころばせてしまう。

するとランスロットが勢いよく頭を下げた。

「あ、あの！　せ、先日は大変、失礼いたしました……」

「えっ？」

「突然、あなた様の手を握るなど騎士の――いえ、紳士としての風上にも置けぬ行為でした。本当に申し訳ございません」

「い、いいえ、別に……」

「憧れのヴィクトリア様にお会いできたことに感激して、つい我を忘れてしまいました。そのうえあのような、み、身の丈に合わぬ申し出までしてしまい……」

（うう、調子が狂う……）

普段の自信満々、余裕綽々《しゃくしゃく》ぶりはどこへやら。

まるではじめて異性をダンスに誘う少年のように、耳の先まで真っ赤にしているランスロットの姿を見て、リタは若干の罪悪感を覚えてしまう。

「あの時のことはどうかいったん、お忘れください。……騎士見習いの自分にはあまりに過ぎた願いであったと深く、深く反省しております」

彼なりに、いきなりのプロポーズは思うところがあったのだろう。

どうやら前回のようにはならなそうだ——と安堵するのもつかの間、ランスロットはまるで騎士が忠誠を誓うかのように胸に手を当て、リタの前に恭しくひざまずいた。

「名乗り遅れました。ぼくはランスロット・バートレットと申します。生まれたその瞬間から、あなたの騎士となることを目指してきた男です」

「は、はあ……」

(三歳からさらにさかのぼってる……)

ゆっくりと顔を上げ、握手を求めるかのようにリタに向かってまっすぐ手を差し出す。

その体勢のまま、とんでもないことを口にした。

「よくよく考えてみれば、出会ったその日に結婚を申し込むというのは、あまりに不誠実すぎました。ですのでまずは、ぼくとデートしていただけないでしょうか⁉　そうしてお互いのことを知ったうえであらためて、プロポーズをする機会をいただきたく‼」

「だからなんで⁉」

さっきの反省どこ行った、と言いたくなるのをぐっと堪え——。

きらきらした瞳で見つめてくるランスロットを前に、リタは自らの頬がひくひくと引きつっているのをはっきりと感じ取っていた。

第五章　絶体絶命のデート

件《くだん》の合同授業のあと、ローラはすぐに医務室へと運ばれた。

がむしゃらに拳を振るったせいで、彼女の腕や手の筋繊維はずたずたになっていたらしい。そのうえ炎の効果付与《エンチャント》による熱傷が激しく、しばらく治療が必要となった。

当初はローラによるパートナーへの暴行傷害、器物破損、および危険魔法の使用（炎の効果付与《エンチャント》は調整が難しいため、直接人体にしてはならないとされている）のみが問題視されていたが、ランスロットが「騎士候補が先に暴力を振るった」と証言。

さらにローラの体から多数の傷やあざが見つかったことで、騎士候補が日常的に暴力行為を働いていたことが判明。教師陣と倫理委員会が一時騒然となった。

結果、パートナーの騎士候補は退学。

ローラは被害者であったということもあり、二週間の謹慎を言い渡されたのだった――。

翌日、昼休み。

リタは裏庭に呼び出されていた。

目の前にいるのは、珍しく深刻な面持ちのランスロット。

「――で、どうすればいいと思う？」

（知らんがな……）

真剣な表情のランスロットを前に、リタは「帰りたい」と切に思った。

冬が近づいてきたためか、ローブを羽織っていても少し肌寒い。

「頼むから真剣に考えてくれ！　このデートが俺の一生を左右するかもしれないんだぞ！」

「いやまあ、普通でいいんじゃないですかね……」

「馬鹿、相手はあの、伝説の魔女ヴィクトリア様だぞ⁉　ありきたりで凡庸なデートなんかして、つまらない男だと思われたらどうする！」

（この時点でだいぶ面白い人になってますけどね……）

騎士科成績一位の超・優等生。類まれなる美貌に人並外れた運動神経。

真面目で努力を惜しまない勤勉な性格。おまけに次期公爵。軍神エルディスの化身かと称賛される彼が――このざまである。

（リーディアが見たら、ショックで寝込むんじゃないかしら……）

相談の内容はほかでもない。ヴィクトリアとのデートだ。

もう二度と、絶対に、何があってもランスロットの前に素の姿で現れないと誓っていたのに、まさに最悪のタイミングで見つかってしまった。

（逃げようとしたら、メモだけ押しつけられるし……）

今もリタのポケットには、ランスロットが書いた『エルディスの月、第二休養日、午前九時、王都の大噴水の前でお待ちしております（いつまでも）』という紙がしまわれている。

「王都観光がやはり定石か？　しかしヴィクトリア様は長く王宮に住まわれていたから、すでにあらかた行き尽くしているかもしれないな……。ならばどこか景色の良い――ケイガンダル雪原からラーシア砂漠はどうだろう？　あと少々時間はかかるが、国境沿いにあるムソンの湖もいいかもしれん。馬車で片道二週間ほどかかるが」

（どこまで連れてく気⁉）

まさか泊まりがけのデートを想定しているとは思わなかった。

本気で準備し始めたらまずいと、リタはさりげなく方向転換を図る。

「で、でも魔女様は以前、自分のことを秘密にしてほしいって言ってましたよね？　王都巡りとか馬車での長距離移動は目立ってしまうのでは……」

「む。そうか」

「そもそも来るか分かりませんけど、ご自宅に招いてこっそりくらいの方がいいんじゃないですかね？　来るか分かりませんけど」

「自宅？　俺の家か」

「は、はい。それがいちばん、人目に触れる機会は少ないかなって」

元より行くつもりはないのだが、と言いたくなるのをぐっと堪え、リタは笑顔で提案する。

ランスロットはしばし悩んでいるようだったが、ようやく「一理ある」と頷いた。

「確かに、あまり長い時間お連れして疲れさせるのは良くないだろうからな」

「うんうん」

「しかし実家か……。ヴィクトリア様に楽しんでいただくには、最低でも宮廷料理人を招いてのフルコース、同時に宮廷音楽家による演奏会は必須だな……」

「うん？」

「名うての画家を呼んで、ヴィクトリア様の肖像画を描かせるのはどうだ？　いや、しかし人目をはばかっていらっしゃるのにそういったことは……。最近人気のある劇作家に脚本を書かせ、舞台役者を招いて演じさせるというのもあるな。ふむ、その場合はヒロインをヴィクトリア様の当て書きにさせて、俺が騎士役というのも——」

（や、やめてー!!）

　ふふふと怪しい笑いを浮かべるランスロットに対し、リタはぶんぶんと首を振る。

　するとランスロットが、リタの着ていたローブにふと目を留めた。

「そういえばそのローブ、学校指定のだよな？」

「え？　う、うん」

「……。ヴィクトリア様がまとわれていたものと、すごく似ている気が……」

（ま、まずい……!!）

　前回は運良く気づかれなかったが、今回はランスロットがちょっと冷静（？）だったせいか、顔以外の部分も観察する余裕があったらしい。

「きっ、気のせいじゃないですかね⁉　ほら、先生方も似たようなのを着ているし、そんなに特殊な形でもないですし！」

「……確かに。まあ、もう少し丈が短かった気もするしな」

（それは身長をいじっているからです……）

だがランスロットの疑惑は止まらず、さらに「ん？」と眉根を寄せる。

「それに今考えれば、声がお前にすごく似ていた気がする」

「ソンナコトナイトオモイマスケドー」

「どっから出してんだその声」

（うっ……声帯は呪文に必要だから変えられない……）

意外と鋭いランスロットの指摘に対し、リタは適当な理屈を持ち出した。

「ほら、世界には自分と同じ顔の人が三人はいると言いますし。声なんて骨格が似ていれば、多少は近くなると思いますけど」

「骨格……」

するとランスロットは、突然むぎゅっとリタの両頬を摑んだ。

驚きで言葉も出ないリタをよそに、そのまま真顔でふにふにと指先を押し動かす。

「…………」

（は、恥ずかしいんですけどー⁉）

やがてランスロットは「フッ」と口の端に笑みを浮かべて手を離した。

「確かにな。俺から言い出してなんだが……どう考えてもお前と、あの美しく聡明なヴィクトリア様が似ているはずがなかった」

（こ、こいつー！）

今すぐ変身解いてヴィクトリアになってやろうか⁉　という憤りを抑えつつ、とりあえず正体がバレることはなさそうだとリタは安堵する。

それにしても普段は色々と洞察力に長けたランスロットなのに、どうしてヴィクトリアのこととなると途端にポンコツになるのだろうか。

ようやく納得したのか、ランスロットがいつになく爽やかに礼を言った。

「やはり、女性の意見を聞いておいて正解だったな」

「は、はあ……」

「ちなみに参考として聞きたいんだが、お前が今まででいちばん楽しかったデートはどんなものだったんだ？」

まさかの質問に、リタは「はあっ⁉」と声を裏返す。

「そ、そんなの、どうだっていいじゃないですか！」

「俺はそもそもデートの経験がないからな。女性側がどういったことを喜び、どういったことを嫌がるのかを知っておきたい」

「したことないんですか⁉　デート……」

「ああ。騎士になるための鍛錬が忙しくて、そんな時間はなかったからな」

（い、意外……。いや、でも逆にそれっぽいか……）

ランスロットの無言の圧に押され、リタは「うむむ」と眉根を寄せる。

だが思い出されるのは、苦い失恋の思い出ばかりだ。

「じ、実は私もなくて……」

「そうなのか？　でも好きな奴くらいはいたんだろ？」

「それはいましたけど……」

彼のことを思うと、今でも胸の奥がずきずきと痛む。

もう——三百八十年も前のことなのに。

「振られたんです、私」

「…………」

「その人のことが好きで、なんとか役に立ちたくて、この先もずっと一緒にいられるように頑張ってました。でもその人は突然現れた他の女性を好きになってしまって——だからデートなんて、したことないです」

リタの告白を聞き、ランスロットは返事に窮しているようだった。

だがこくりと唾を飲み込むと、慎重に言葉を発する。

「その……悪かったな。軽率に聞いて」

「……いいえ。もう、ずっと昔のことなので」

「どれだけ時間が経ったかは関係ない。重要なのは……そのことで今もまだ、お前が傷ついているということだ」

「……！」

その言葉にリタは思わず顔を上げる。

ランスロットの青い瞳が、まっすぐこちらを見つめていた。

「俺が言ってもなんの慰めにもならないと思うが……。もし俺が、その好きな奴だったら――きっとお前の方を選ぶと思う」

「えっ？」

「だってその、振られるまではずっとそいつと一緒にいたんだろう？　一生懸命、自分なりに努力して……。俺なら絶対気づくし、いつも傍にいてくれたお前を大切にしたい――と思うだろうから……」

ぱりん、と胸の奥で何かが割れる音がした。

同時にリタの目から、大量の涙がぼろぼろと溢れ出す。

(どうして……そんなこと、言ってくれるの……？)

仕方なかった。意味なんてなかった。どうしようもなかった。

伝説の魔女だなんだと褒めそやされても、好きな人一人振り向かせられない自分が惨めで、ひたすらに尽くしたことが馬鹿みたいで、情けなかった。

でも誰かを恨みたいわけでもなかった。

それなのに。

どうして今になって、そんな、優しいこと――。

「……うぅ……」

「リタ!?」

突然泣き出したリタに気づき、ランスロットがぎょっとする。

目に見えて取り乱すと、リタの前でおろおろと両手を上げた。

「す、すまん！　俺が悪かった！　もう何も聞かないから！」

「ぞ、ぞうじゃなぐでぇ……」

リタも必死に堪えようとするが、いっこうに涙が収まらない。

ぐすっと洟《はな》をすするその背中を、ランスロットがよしよしと撫でてくれた。

その手のひらの温かさに、リタはふと昔のことを思い出す。

（そういえば……前にも誰か、こんなふうに……）

『――ぼくなら、ずっと一緒にいた相手を選びます』

『だから――』


時刻は夜。焚火の前。

橙色の炎に照らされた顔と、足元で揺れる小さな光の環。

（……誰、だっけ……？）

続く言葉が思い出せず、リタは結局またみっともなく泣き崩れるのだった。

◇

その後「本当に大丈夫か？　休まなくていいか？　一緒についていこうか？」と父親のように心配してくるランスロットに断りを入れ、リタは一人教室に向かっていた。

（うう……恥ずかしかった……）

いまだぐすぐすと洟をすすりながら、先ほどの言葉をゆっくりと反芻する。

ランスロットは自分より遥かに――それはもう遥かに年下だ。

それなのに、どうして彼の言葉はこんなに胸に刺さるのだろう。

（伝説の魔女ともあろう者が……情けない……）

名状しがたい胸の痛みを抑えつつ、リタはようやく座席に着く。

やがて副担任のアニスが現れ、午後の授業――『使い魔』講座が始まった。

「使い魔は二種類あって、それぞれ契約の種類が異なるの。たとえば――えいっ！」

教壇に立っていたアニスが、可愛らしい杖を小さく振る。

するとその足元に、真っ黒い子犬が現れた。愛くるしく尻尾を振るその姿を見て、生徒たちが一斉に声を上げる。

「わーっ、可愛いー！」

「これは先生の魔力を元に生み出された『分身型』ね。分身型は使役する魔女の魔力が継続する限り、何回でも再構築することができるの。その代わり、すべての能力が魔女の力に左右されるので、慣れていない魔女だとまともに動かすことも難しいわ」

とたたたっと机の間を駆け回る子犬の姿に、生徒たちは興味津々だ。

「使い魔は魔力を大量に消費するから、実際にやるのは後期の授業になります。でも学期末テストには出すから、みんなこれから言うことをしっかり覚えておいてね～」

「アニス先生、分身型以外には何があるんですか？」

「うーん、もう一つは『主従型』っていうんだけど……。実はこっちの方法は、今じゃあんまり使われていないのよね。昔の古ぅーい魔女が、猫とかカラスとかを小さい時から育て上げて、魔法で契約を結んで使い魔にするんだけど……。敵から攻撃されたらそれで終わりだし、育てても懐かなかったりするから……」

（私は古ぅーい魔女だったのね……）

可愛がっていた二匹の猫たちのことを懐かしみつつ、リタはせっせと板書を取る。

やがて授業の終わりを伝える鐘が鳴り、アニスが「今日はここまでー」と教本を閉じた。アニスは生徒たちが次の教室に行くのを見送りつつ、残っていたリタに声をかける。

「ああ、リタちゃん」

「はい？」

「ローラちゃん、ようやく生徒の面会オッケーになったらしいわよ」

「本当ですか⁉」

「うん。今は寮の部屋にいるらしいから、放課後にでも会いに行ってあげて」

「ありがとうございます！」

いえいえ～と手を振るアニスに頭を下げ、リタはそのまま窓の外を見る。

（ローラ……大丈夫かしら）

◇

そして放課後。

リタは早速ローラの部屋を訪れた。

ベッドで横になっていたローラが、リタの訪問に気づいて慌てて体を起こす。

「ローラ、具合はどう？」

「リタさん……！　はい、もうだいぶ良くなりました」

「良かった。あらためて……本当に大変だったわね」

「す、すみません、ご迷惑をおかけして……」

「いいのよ。でもごめんなさい、その、あなたのパートナーが……」

「……いいんです。きっともう、あたしも限界だったので……」

俯くローラを前に、リタは歯がゆい思いで唇を噛みしめる。

だがここに来た目的を忘れてはならない、と彼女への質問を開始した。

「それでねローラ、あの時のことをもう一度聞きたいんだけど」

「あの時、ですか？」

「あなたはあの時、完全に我を忘れているように見えた。いったい何が起きていたの？」

「……………」

ローラはしばし考え込んだのち、ぽつりぽつりと記憶を手繰るように話し始めた。

「あの時は確か、パートナーに殴られて、すごく、痛くて……。でも我慢しなきゃって目を瞑っていたら、どこからか声が聞こえてきて……」

「声？」

「はい。知らない誰かの声がわんわん頭の中で響いてて。なんて言っているかは聞き取れなかったんですけど、何かに誘われているような……。でも、すごく責められているような嫌な感じもあって……。とにかく逃げ出したいって思って……」

（精神作用系の魔法？　でも周りにそんな気配はなかった……）

人の心を操る魔法は難しいが、絶対に使えないわけではない。

高い技術、かけられる側との信頼関係、魔法との相性、心理状態といった複雑な条件が揃わなければならないうえ、成功率が恐ろしく低いというだけだ。

「無理やり体を動かしていたら、あんなことに……」

「もしかして、肉体操作もされていた可能性はない？　あの時のあなたの動きは、普段からは考えられないほど俊敏で強かったし……」

「あ、あれはその……ちょっと素を出しただけというか」

「素？」

「実はあたし、魔法より格闘の方が得意なんです」

「……格闘が得意？」

聞けばローラの一族は、東国から移住してきた拳闘士一家なのだそうだ。

鍛え上げた己の肉体だけで戦う、根っからの戦闘民族。

「物心ついた時から、おじいちゃんやお父さんたちに交じって修行してました。でも一年前の魔力測定で魔力があることが分かって、魔女になるために、ここに……」

「そうだったのね……」

「でも教科書も授業も、難しすぎて全然分かんなくて……。図書館で調べようとしても、そもそも書かれていることが分かんなかったりで……。そのうえ騎士候補とパートナーを組んで、その人を助けなきゃいけないって言われて……」

「……それで、いっぱいいっぱいになっちゃったのね」

「はい……」

いつの間にかローラの目からは、大粒の涙が零れていた。

シーツに染みる透明な水滴を見て、リタはよしよしと彼女の頭を撫でる。

「よく頑張ったわね」

「リ……リタ、さぁん……」

ローラはさらにぶわっと涙を溢れさせると、リタに向かって抱きついた。

まるで大きな子どものようなローラをあやしながら、ヴィクトリア時代に育てていた三人の養子のうちの一人を思い出す。

（そういえば、あの子もこんな髪の色だったわ……。やたら負けん気が強くて、それなのに泣き虫で……。エヴァンシー、今もまだどこかで頑張っているのかしら？）

やがて落ち着いたのか、ローラがしゃくり上げながらようやく体を離した。

「す、すみません、あたし……」

「気にしないで。それより、もし今度授業で分からないことがあったら私と一緒に勉強しない？私もほら、成績悪いし。一人でやるより二人でやる方がいいかも」

「い、いいんですか⁉」

「もちろん。そうと決まれば、さん付けはナシね」

「は、はい……。ええと、リタ？」

「うん！」

リタが嬉しそうに答えると、ローラは安心したように笑った。

それを見てリタは、もう一つ言うべきことを思い出す。

「そうだ、ローラが使っていた魔法――あの自分の拳に炎を付与させるやつ」

「あ、あれって、やっちゃダメだったんですよね……？」

「うん。なんの防護もせずにかけちゃうと、どんなに鍛えた人でも肌を奥まで焼いてしまうから。でも素肌じゃなくて、グローブとか手袋をつけていたら大丈夫かなと思って――」

そう言うとリタは、黒い革手袋を取り出した。

「ランスロットに火に強い素材を聞いて探してきたの。これなら炎を宿らせても、火傷を負うことはないと思うわ」

突然のプレゼントに、ローラはきょとんとした顔でぱちぱちと何度も瞬く。

だがみるみる頬を紅潮させると、艶々と潤んだ瞳でリタを見つめた。

「あ、ありがとうございます！　でも、どうして……」

「あの時は確かにびっくりしたけど、よく考えたらとても有効な魔法の使い方だと思ったのよね。実際、剣に付与させる戦い方はすでにあるし。だから上手く使いこなすことさえできれば、あなたの唯一無二の武器になるかもって考えたの」

「あたしの……武器……」

手袋を受け取ったローラは、おそるおそるその表面を撫でる。

やがて、ぶわわっと再び涙腺を決壊させた。

「が、頑張りますぅ……」

「と、とりあえず、体が回復してからね。私もどうすれば安全に付与できるようになるか、考えておくから」

わんわんと泣きじゃくるローラを、リタはあらためてよしよしと慰める。

傷が開くといけないとベッドに寝かせたところで、ふと彼女の勉強机に目を向けた。

そこには大量の問題集が積み上げられている。

「ローラ、あの問題集は?」

「イザベラ先生が謹慎中でも授業に遅れないようにって……」

「おお……さすが……」

おそるおそる近づき、その分厚さを確かめる。

するとその脇に、見覚えのある花柄の包み紙を発見した。

「もしかしてこれ、アニス先生から貰った飴?」

「あ、うん。可愛いから取っておいたんだ。リタも貰ったの? おいしかったよね」

「そ、そうね……」

まさか失くしたとは言えず、リタは微妙に目をそらす。

「アニス先生って優しいよね。私が病室に運ばれた時も誰より先に来てくれたって」

「へえ、そうなんだ」

「うん。逆にイザベラ先生は、ちょっと怖くて苦手かも……」

(うーむ……分からなくはないけど……)

確かに言動が厳しい部分が目につくが、リタからすれば実に優秀な『魔女』だ。魔力のコントロール、知識、指導、どれをとっても申し分ない。

するとローラが何かを思い出したように首を傾げた。

「そういえば……合同授業の前日、イザベラ先生の研究室に呼ばれたの」

「呼ばれた？」

「そう。授業中、全然集中できてないってお説教されちゃって。何かあるのかって聞かれたけど、その時はその……言ったことがパートナーにバレて怒られるのが怖くて、何も……」

「…………」

「黙っていたらそれ以上は何も聞かれなかったんだけど……。でもその日、部屋に帰ってからずっと頭が痛かったんだよね……」

（イザベラ先生が、ローラと個人的に面談していた……）

普通に考えれば、担任として生徒の体調を気遣っただけだろう。

だがリタはなぜか——不安な気持ちを拭えないのであった。

◇

そんなもやもやとした気持ちのまま、ついに運命の日が訪れてしまった。

頭からフードを被ったリタは、水しぶきを上げる大噴水をじっと見つめる。

（くっ……どうして私はこんなところに……）

今日はランスロットとのデートの日。

元を辿れば、ランスロットからの一方的なお誘いだ。

無視して行かないという選択肢もあったのだが――。

(だってあんなに期待されたら、なけなしの良心が痛むってもんでしょうよ!)


――約束の日が近づくにつれ、ランスロットは目に見えて挙動不審になった。

いつもの朝練中もどこか上の空で、しきりにため息をついている。

「はあ……ヴィクトリア様、どんなお姿で来るんだろう……」

「なあ、いったいどんな話をすればいいと思う? やはり魔法についてか? 冥王との戦いの話なんかも聞いて大丈夫だろうか? 恋人の有無なんかはプライベートすぎてまずいよな?」

「くっ……ダメだ……。ヴィクトリア様が美しすぎて、目を見て話せる気がしない……」

「やっぱり俺だけでは無理な気がしてきた……。頼むリタ、当日付き添って――」

「絶対に嫌です!!」


最初は適当に聞き流していたリタだったが約束の日が近づくにつれ、なぜか罪悪感を覚えるようになってしまった。

結果こうして、ランスロットの様子を見に来てしまったのだ。

(ま、まあ、意外とさっさと諦めて帰るかもしれないし?)

うんうん、と言い聞かせるようにリタは頷く。

するとまだだいぶ時間があるというのに、早々にランスロットが姿を現した。

学園の制服ではなく、これから王宮で行われるパーティーに参加するかのような完璧な正装をまとっている。そのうえ手には――。

（なんで薔薇の花束!?　しかもあんなに大きな……）

両腕から溢れ出んばかりの立派な深紅の薔薇たち。

青いリボンで一つに巻いたそれを、ランスロットは宝物のように抱えていた。

当然、ものすごく目立っている。

（め、めちゃくちゃ周りから見られてる……！）

注目を浴びるのが大嫌いなリタからすれば、とても耐えられない恥ずかしさだ。

だがランスロットは何一つ動じる様子を見せず、背筋をまっすぐ伸ばして堂々とその場に立っていた。その姿が、彼のすぐ背後にある勇者像と重なってしまう。

（どうして？　だって私が来るかどうか分からないのに……）

やがて約束の九時になり、大噴水の周りにはさらに人が増えていく。

大量の薔薇をちらっと横見する者、いったい何が起こるのかしらと色めき立つ者、変な奴がいるといぶかしむ者――種種雑多な視線がランスロットに集中するも、彼はヴィクトリアを待ち続けている。

（も、もう帰ってよ……。来なかったらどうするつもりなの？　確かにメモ書きには「いつまでも」って書いてたけど……。こんな恥ずかしい思い、する必要ないのに……）

しかし一時間が過ぎ、二時間が経過してもランスロットは動かなかった。

そのうちリタの背後から、囁くような女性の声が聞こえてくる。

「ねー、あの人いったいなんだろうね？」

「分かんない。今朝からずっといるのよ」

「待ち合わせかな？　それにしちゃすごい格好だわ」

次第に、どこか馬鹿にしたような笑い声がひそひそと交じり始めた。

「めちゃくちゃ目立ってるけど、恥ずかしくないのかしら」

「顔は良いのに残念～」

「もしかして、恋人に約束すっぽかされてたりして」

「えぇーっ、やだぁ。でも確かにちょっと怖そうだし、ああいうのはごめんかも……」

（うわあああ……っ!!）

それを耳にした途端、リタはまるで自分が非難されたかのように顔が熱くなった。もうだめだ。我慢できない。どうして彼が笑い物にされなければならないのか。

（ううっ、でも……！）

これ以上、彼を衆人環視の中に晒したくない。

だが今出て行けば、当然デートすることに――。

（さ、三時間も遅刻してくれれば、いくらランスロットでも怒るでしょうし!?　そうしたらきっと私に幻滅して、デートだなんだとはならないはず!!）

リタは「ふうーっ」と大きく息を吐き出すと、すぐに自身の変身魔法を解いた。そのまま勇気を振り絞って、ランスロットのもとに歩み寄る。

ヴィクトリアの来訪に気づいた途端、彼はすぐさま破顔した。

「ヴィクトリア様、来てくださったんですね！」

「ええ、まあ……」

「ありがとうございます！　う、嬉しいです……」

ランスロットはそのまま赤面し、その場で控えめに俯いた。

なんとも居心地の悪い空気に包まれながら、リタはつい確認してしまう。

「ずっとここで待っていたんですか？」

「もちろんです。いつまでも、と申し上げましたから」

「……私が来ない、とは考えなかったんですか？」

思ったより意地の悪い聞き方になってしまい、リタはまずいと顔をしかめる。

だがランスロットは小さく笑ったあと、静かに首を振った。

「たとえ来られなかったとしても、あなたを待っているというだけで、ぼくにとっては夢のような時間でした。それになかば無理やりにお誘いしたものですし……。でも今日、あなたはこうして来てくださった。本当に感謝しています」

（くっ……このリタとの扱いの差よ……）

まるで聖人君子のようなランスロットだが、一昨日くらいに「なあ！　来てくれなかったらどうしよう‼」ともんどりうつ姿や「どうして俺はあんな無理やりデートの約束なんかしてしまったんだ……。嫌われていたらどうしよう……」と絶望する裏の姿を見ているため、リタとしては苦虫を噛み潰すような顔しかできない。

（遅刻で嫌われ作戦は失敗ね……。こうなれば、ちゃんと一回デートしてお断りをするしかないか……）

そんなことを考えていると、眼前にそっと花束が差し出される。

「すみません、これ……。今日来てくださったお礼と、ぼくからの気持ちです」

「あ……ありがとうございます」

「い、いえ‼　その、以前文献で、薔薇がお好きだと読んだことがあって……」

絞り出すようにそう言うと、ランスロットは軽く握った片手を口元に当て、再び薔薇と同じくらい真っ赤になってしまった。普段の彼からは考えられない初心な態度に、リタは薔薇の花束を抱えたまま、だらだらと嫌な汗をかいてしまう。

（リタへの最初のプレゼントは、子ども向けの絵本だったのに……！）

なんという差よ。

思わず絶句していると、やがてランスロットがこほんと咳払いした。

「それであの、今日の予定なのですが」

「それなんですけど、私、あまり人目につく場所は……」

「もちろん理解しております。ですので今日は、ぼくの邸《やしき》でゆっくり過ごすのはいかがかと」

「は、はあ……」

(私が提案しなかったら、泊まりがけの旅行になっていたくせに……)

表面上は完璧なデートプラン。

だがその裏側をすべて知っているリタは、なんとも言えない気持ちで馬車へと乗り込む。

馬車は貴族街の方へと向かっていき、一際大きな家の前で停まった。

「ヴィクトリア様、僭越ながらお手を」

恭しくエスコートされ、地面へと降り立つ。

目の前に現れたのは、王宮の一部かと勘違いしてしまいそうなほど豪華な邸宅《タウンハウス》だった。

中に招かれるのかと思いきや、ランスロットはその巨大な玄関扉ではなく、建物の奥へとリタを案内する。

「邸の中は使用人たちの目も多いので、こちらが良いかと思いまして」

「ここは……」

「我が家自慢の庭です」

自慢の、と冠するにふさわしく、確かに素晴らしく手の込んだ庭園だった。

丁寧に刈り込まれた庭木と芝生。遊歩道沿いには赤や白、黄色といった多彩な薔薇たちが植えられており、そこを歩く人の目を楽しませていた。

道の終わりには立派な噴水――中央に伝説の魔女像らしきものが飾られている。

「あの噴水は、王都にある大噴水と同じ建築家にデザインさせたものです。ヴィクトリア様の像も忠実に再現してもらいました」

「す、すごいですね……」

「我が一族は、古くからヴィクトリア様をお慕いしておりますので」

やがてランスロットは近くの四阿《あずまや》にリタを招き入れた。

中に準備されていたのは、金で縁取りをされた白磁の茶器一式。ガラス製の花瓶に生けられた摘み立ての白薔薇。顔が映り込むまで磨き上げられた銀食器に、三段のタワー状に積まれたお菓子と軽食の盛り合わせ――。

「本当はフルコースを振る舞いたかったのですが、ヴィクトリア様のお時間がどれほどいただけるか分かりませんでしたので、シェフに頼んで簡単な食事とデザートを用意させていただきました。あっ、もし何かご希望がありましたらすぐに」

「い、いえ！　大丈夫です‼」

ランスロットが慣れた様子で椅子を引き、リタはおずおずとそこに腰かける。

「今、お茶をお淹れします」

「あ、それなら自分で」

「とんでもない。ヴィクトリア様は、ただそこにいてくださるだけで十分です」

（うう……）

あまり人がいない方が、というリタのアドバイスを覚えていたのだろう。

世話を焼いてくれるメイドの姿はなく、ランスロットが手ずから紅茶を準備していた。

ソーサーに載せられたそれを受け取り、一口カップを傾ける。

「お、おいしいです」

「本当ですか⁉　良かった……」

「……でもちょっと意外でした。貴族の方は自分では淹れないと思っていたので」

「うちは始まりが平民のようなものなので、ある程度のことは一人でできるよう幼い頃から色々仕込まれるんです。それに戦場でも、気分転換にお茶を飲むことがありますしね」

「へえ……」

「何か食べたいものがあれば、すぐにおっしゃってください。ぼくがお取りします」

「じゃ、じゃあ適当に……」

「はいっ！」

まるで専属執事のようになったランスロットが、ウキウキと皿に盛りつけていく。

普段、リタが食堂で適当に食事を選んでいると「またそれだけか？　いいからちゃんと栄養を取れ！」と無理やり皿に肉を載せてくるのとは大違いだ。

完璧に取り分けられた皿を受け取り、リタは少しずつフォークを動かす。

その間、ランスロットはじいっとこちらを凝視していた。

「…………」

「…………」

（すっごい食べにくいんですけど⁉）

昨日まであれだけ「いったい当日は何を話そう」「聞きたいことが多すぎて整理しなければ」と息巻いていたランスロットはどこに行った。今が絶好の機会ではないのか。

「あ、あの」

「はっ、はいっ⁉」

「そんなに見られると食べにくいので、一緒に食べませんか？」

「――っ、し、失礼いたしました！」

ランスロットは耳の端まで真っ赤にした状態で、慌ただしく軽食を皿に取る。

かと思えば次から次へと口に運んでいき、その勢いの良さにリタは目を丸くした。

（あああ、そんな急に食べたら……）

案の定、ランスロットが「げほっ」と喉を詰まらせる。

「だ、大丈夫ですか⁉」

「す、すみません、お見苦しいところを……げほっ！　も、申し訳なく……」

「いいからお茶を飲んでください！」

ランスロットの前に置かれていたカップを手に取り、すばやく彼に渡す。

ごくごくっと飲み干したあと、ランスロットは赤面したまま口元を手で覆った。

「あ、ありがとうございます……」

「そんなに焦らなくても大丈夫ですよ。どうか落ち着いてください」

「は、はい……」

情けないところを見られたのがよほど恥ずかしかったのか、ランスロットはばつが悪そうな面持ちでわずかに俯く。

それを見たリタは、思わず「ふふっ」と笑ってしまった。

「ヴィ、ヴィクトリア様？」

「あ、いえ……ふふっ……なんか、可愛いなって」

「――っ⁉」

いつもの堂々とした彼からは考えられない言動の数々に、リタはつい本音が抑えられなくなってしまった。一方そんなこととは知らないランスロットは、おろおろと動揺するばかりだ。

「かっ、可愛いとは、どういう意味ですか⁉」

「ごめんなさい。からかっているつもりはないんだけど」

「ヴィクトリア様からのお言葉でしたら、どれもありがたく頂戴したいところですが……。ぼくも一応、騎士を目指す一人の男ですので……」

ランスロットはむむむと複雑そうに口元を歪める。

そんな彼を見て、リタはもう一度小さく微笑んだ。

「そういえば、今は騎士候補として頑張っているのよね」

「は、はい！」

「学園生活はどう？」

ちょっとした好奇心もあり、リタはランスロットに尋ねる。

彼は少しだけその場で思案すると、やや緊張した様子で語り始めた。

「思っていたよりは簡単なカリキュラムが多いですが、同じ学園に通う魔女候補とパートナーになって課題をこなす取り組みは、とても有意義だと感じています」

「へえ、そうなの？」

「はい。彼女たちの力は戦術を多彩にし、勝利の確率を大幅に上げてくれます。それを学生の時分から経験できるということは、騎士として非常に有益なことです。もちろんこれらはすべて、勇者を陰ながら支え続けたという、ヴィクトリア様のご偉業あってのことですが……」

（うっ、隙あらば賛美してくる……）

だがふと気になったリタは、それとなく続きを促した。

「パートナーの魔女候補がいるのね。その子とはどんな感じなの？」

「出来が悪くてイライラしてるとか、頼りないから本当はパートナー解消したいーとか……」

「…………」

「どんな、とは？」

「いえ、そういったことは考えたこともありません」

だがランスロットはそれらの問いかけに乗ることなく、はっきりと口にした。

「そ、そうなの？」

「はい。彼女《リタ》はとても優秀な……あ、いえ、ヴィクトリア様にはとても及びませんが——素晴らしい魔女候補だと思います」

今度はリタが真っ赤になる番だった。

「す、素晴らしいって、どういう……」

「まず何より努力家です。入学当初はあまり魔法について詳しくないようでしたが……学園生活を送り始めてから、彼女は毎日図書館で夜遅くまで勉強しています」

（な、なんでそれを……！）

確かに本を読めることが嬉しすぎて、暇さえあれば図書館に行っていた。

まさかそれをランスロットに見られていたとは。

「あとは……そうですね。誰に対しても態度が変わらないところに好感が持てます」

「態度が変わらない？」

「はい。……お恥ずかしい話、ぼくは今まで人から距離を取られるか、媚びへつらわれるかのどちらかしか体験してきませんでした。でも彼女は、まるで普通の友人のように接してくれる」

そう言うとランスロットは、ふと表情を和らげた。

端正な横顔に、どこか優しい色が滲んでいる。

「服でも杖でも、奉仕されることを当然と思わない。暴走しがちなぼくを、迷惑になってはダメだと諫めてくれる。それにすごく素直に笑ったり、いきなり泣いたり――だから毒気を抜かれるというか……他の人には絶対に言えないようなことも、彼女にだけはつい話してしまうんです」

「…………」

苦笑しながらの彼の言葉に、リタは思わず唇を引き結んだ。

（そういえばリーディアが言ってたっけ……）

ランスロットは名家の出身で、王子様とも知り合いのすごい御方なのだと。

リタのような庶民では、本来口も利けない相手なのかもしれない。

実際、クラスメイトたちも遠巻きに見るだけで、最初のリーディア以外、ランスロットに声をかけようとする子はいなかった。

（成績一位っていうのも、要はそれだけ人の上に立つってことだし……）

もちろん、彼の努力を素直に讃える人もいるだろう。

だが当然、そんな純粋な人間ばかりではなく——きっと中には優秀なランスロットをやっかむ生徒や、家柄だけで評価されているとうそぶく者もいたはずだ。

逆に、その恩恵にあずかろうとする輩も——。

（だからランスロットは、私に親切だったのかな……）

リタが『最下位』だと馬鹿にされていた時も、彼だけは一貫した態度で接してくれた。

元々の性格ゆえだと思っていたが、もしかしたら成績や家柄といった評価で周囲の見る目が変わってしまうことを、彼自身が痛感していたのかもしれない。

上に立つ人間の孤独とむなしさ。

ああ、だから——。

「だからあなたは、リタを選んだのね」

「えっ？」

「あ、ええと、リタから聞いたの。自分は一年生の中でいちばん成績が悪いって。だからランスロットに指名されたんだって――」

「あいつ……」

ランスロットはしばし微妙な顔をしたあと、「はあ」と小さくため息をついた。

「誤解なさらないでください。学園の成績など大した意味はありません。どんな相手と組むか、どんな戦い方をするか。それこそが肝要であって、どれほど優秀な魔女候補と組んだところで、相手の力を引き出せなければそれは『騎士』として失格です」

「は、はあ……」

「ですからぼくは、自分が真に『騎士』としての研鑽を積めるよう、あえて成績が最下位の相手を選んだ――」

とリタには言っています、とランスロットが曖昧に言葉を終える。

「……？　『言っています』って……今説明してくれたことが理由じゃないの？」

「そ、それは、その……」

突如言い淀んだランスロットに対し、リタはじっと視線を向ける。

憧れのヴィクトリアを前にして限界だったのか、ランスロットはお手上げとばかりに赤くなった顔を片手で覆い隠した。

「実はその……ぼくは入学式より前に、彼女に会っているんです」

「えっ⁉」

「あ、いえ、そんな昔ではなく、単に数日前というだけなんですが……。学生寮への入寮準備をしていた時に、たまたま近くで言い争う声を聞いて――」

◇

そこでは一人の男子生徒がいじめられていた。

『騎士候補』ともあろう者がくだらないことを――とすぐに止めに入ろうとしたランスロットだったが、彼が飛び出すよりも先に大きな叫び声が聞こえたのだ。

「先生ーっ！　早く来てーっ！　火事が起きてますーっ‼」

(……？)

回廊の先にある図書館の方を振り仰ぐ。火災の気配はない。

だがいじめていた男子生徒たちは動揺し、あっという間にいなくなってしまった。

するとその場に、だぼだぼの制服を着た少女が飛び出してくる。

「あの、大丈夫ですか⁉」

(あれは魔女候補？　しかも新入生か？)

彼女はいじめられっ子に懸命に話しかけたかと思うと、彼の眼鏡を手に取って魔法をかけ始めた。

二人はすっかり意気投合したのか、何やら穏やかに笑い合っていたが――やがて少女の方が自身を「リタ・カルヴァン」だと名乗る。

（リタ・カルヴァン……）

やがて火事だと勘違いした教師の声がし、少女は逃げるようにしていなくなった。

物陰からそれを見ていたランスロットは、一人彼女の名前を復唱する。

「リタ・カルヴァン……」

猫みたいな名前だな、と思った。

◇

「それから入学式があって、ぼくは『リタ・カルヴァン』という魔女候補がいるかを教師に尋ねました。そこで彼女を指名したんです」

「ちょっ……と待って⁉　ど、どうして、それだけで……」

「純粋に、強い女性だと思ったんです」

「つ、強い……？」

取り乱すヴィクトリアに、ランスロットは照れたように笑う。

「ぼくのように力を持っている人間が誰かを救うのは簡単だし、当然すべきことです。ですが彼女は――リタはぼくのように強いわけでも、貴族というわけでもありません。いじめなんて気づかなかったふりをして、こっそり逃げることだってできた」

でも彼女はしなかった。

あの小さな体で。

持てる知恵を精いっぱい使って、人を助けたのだ。

「見て見ぬふりをしない。弱き者を、あと先考えず助けようとする強さ。かなわない、と思いました。そして同時に、自分の背中を預けるのならこんな相手がいい——と思ったんです」

「だから、リタを……?」

「……あいつには黙っていてもらえますか? 覗き見していたとバレたら『どうしてもっと早く出てこないのか』と怒られそうですし、なんだかその……ぼくがあいつを認めているみたいで、ちょっと癪なので」

「認めていても、別に嫌がらないと思うけど……」

「いえ。あいつにはまだまだ頑張ってもらわないと。……何せこのぼくが、はじめて自分の意志で選んだ、大切なパートナーですからね」

そう言って微笑むランスロットの眼差しはとても優しくて——リタは不思議と、彼から目をそらすことができなかった。

心の中だけでその言葉を繰り返す。

(大切な、パートナー……)

その瞬間、リタの胸に不思議な温かさが宿った。

どこか覚えのある、甘く——切ない感情。

『こいつをパートナーに選んだのは、紛れもなく俺自身の意志だ。したがって、能力差を理由にパートナーを解消することはないし、他の誰かを選ぶこともありえない』

（……そうだ、ランスロットははじめから、ずっと言ってくれていた）


『……良かった、てっきり一人で無茶しているのかと』

（ヴィクトリアを前にした時も、いつも私のことを先に心配してくれた……）

『俺なら絶対気づくし、いつも傍にいてくれたお前を大切にしたい──と思うだろうから……』

（私は……誰からも選ばれなかった人間なのに──）


再び、体の奥底で何かが砕ける音がする。

気づけばリタは、片方の目からつうーっと一筋の涙を流していた。

「ヴィ、ヴィクトリア様⁉　い、いったいどうされて……」

「ご、ごめんなさい……。なんでもないの、ほんとに……」

だがリタの涙は止まらず、いくつも頬を伝い落ちる。

それを見たランスロットは持っていたハンカチをそっと差し出した。

「良ければ、これを」

「…………」

静かに首を横に振るリタを前に、ランスロットはわずかに唇を噛みしめる。

「すみません、ぼく……何か、あなたを悲しませることを言ってしまったんですね」

「……違うわ。少し昔を、思い出しただけ……」

「ヴィクトリア様……」

ランスロットの手が伸び、リタの眦《まなじり》へハンカチを添えた。

「こんな若輩者が何を言っても、戯言にしか聞こえないかもしれませんが……。ぼくは本当にずっと、ずっと昔からあなたのことをお慕いしていました。もちろん、今も」

「…………」

「あなたがきっとどこかで生きておられると信じて、今日この日までたゆまぬ研鑽を積んできたつもりです。それもすべては、あなたの『騎士』となりたい――ただそれだけのために」

「ランスロット……」

目元を赤くしたリタを、ランスロットがまっすぐに見つめる。

「あなたの涙を、いちばん先に拭いたい。あなたとともに生き、あなたの幸せだけを考え、そして命を終えるその瞬間まで、あなたの傍にいたい。どうか――ぼくを選んでいただけないでしょうか？」

「あなたを、選ぶ……」

「はい。……あなたが好きです、ヴィクトリア様」

「……でも、私は――」

すると二人がいる四阿に向かって、何やら軽快な足音が近づいてきた。

気づいた二人がなんとなく距離を取ったところで、遊歩道を歩いてきた誰かが手を上げる。

「ああ、本当にいた！　おーい、ランスロット！」

「殿下⁉」

（……？）

驚くランスロットをよそに、殿下と呼ばれた青年が四阿の前を訪れた。

その姿を見たリタは、これまでにないほど大きく目を見張る。

（どういう、こと……？）

リタは一瞬、自分が三百八十年前に戻ったのかと錯覚した。

そこにいたのは紛れもなく『勇者』。

かつてともに戦い、そしてかなわぬ恋をした、その張本人だったからだ。

（嘘よ……だって……）

さらさらでまっすぐな金の髪に、エメラルドのような緑の瞳。

爽やかな顔立ちもそのままに、リタに向かってにこっと微笑みかける。

「デート中、失礼いたします」

「殿下、どうしてこちらに……」

「君の父上に用があってね。で用事も終わったし、ついでに君の顔を見て帰ろうとしたら、中庭で女性と二人きりだというじゃないか。今まで浮いた話一つなかった君のことだ。どうせ結婚まで考えている相手なのだろうから、それなら一足先にご挨拶をと思ってさ」

「余計なことを……」

楽しそうにウインクする『勇者』に対し、ランスロットは本気で呆れている。

一方リタは、自分でも訳の分からない大混乱に陥っていた。

(どうして勇者様がここに？　まさか私と同じ若返りを――ううん、そんなはずない。だって私は間違いなく、棺に入った彼を見送っているもの……。でもどこからどう見ても同じ人だし、声だって――)

すると『勇者』がリタに向かって深々と頭を下げた。

「お初にお目にかかります。わたしはエドワード。一応、この国の第二王子をしております」

「第二、王子……」

そこでようやく、リタの頭の中で『殿下』という単語が結びつく。

(つまり……ディミトリの、子孫……？)

「驚かせてしまい申し訳ございません。ですがこの男はわたしの親友でもありまして。びっくりするくらい堅物で、言葉遣いもぶっきらぼうではありますが、中身はとてもいい奴で――」

「殿下！　おやめください！」

真っ赤になったランスロットが、エドワードの口を塞ごうとする。

微笑ましいその光景を前に、リタの心臓は今にも壊れそうなほど激しく拍動していた。

彼は王子だ。勇者じゃない。別人だ。

（そうよ……よく似てるけど、ディミトリとは違う……。だって勇者様はずっと昔に亡くなって、もうこの世界のどこにもいなくて――）

一緒に冥王を倒そう、と夕日に照らされながら大きな手を差し出してくれた。

恐ろしい敵の攻撃から、何度も何度もヴィクトリアを守ってくれた。冥王を倒した時は修道士と三人、大きな声ではしゃぎ回った。

やがて王女と、世界一幸せな婚礼の日を迎え――。

そして、年老いて息を引き取った彼を、王宮の片隅からひっそりと見送った。

（違う、私は――）

目の前がぐらぐらする。

喉の奥から苦いものが込み上げてくる。

意識を飛ばしそうになったリタは、よろめきながら立ち上がった。

「……すみません、ちょっと、用事を思い出しました」

「ヴィクトリア様？」

「失礼、します」

取り乱すランスロットを残し、リタは逃げるように四阿を出る。すぐさま後方に視覚遮断の魔法をかけると、続けて変身魔法を唱えた。

たとえ、ただの子孫であっても――ヴィクトリアの姿で『勇者』に会いたくない。

絶対。何があっても解けないように。リタの姿を固定する。

そのままローブから杖を取り出し、前方に投げ出した。

「お願い、私を学園に連れ帰って」

杖は「任せろ！」とばかりにくるりと一回転し、リタの腰あたりへと浮かび上がる。

それに横乗りすると、リタはあっという間に空へと飛び上がるのだった。

◇

その日の夜。

リタは夢を見ていた。

（ディミトリ……？）

大好きな勇者がこちらに向かって手を振っている。

嬉しくなったリタは慌てて駆け寄ろうとしたのだが、そんな二人の間に割り込むようにして、綺麗な女性がふわっと姿を現した。

（王女様……）

可愛くて聡明で、誰からも愛されていたお姫様。

いっそ冷たくて、性格が悪ければ嫌いにもなれたのに――彼女は『魔女』であるリタにも、とても優しく接してくれた。本当に完璧な人だった。

（だからこそ、二人の幸せを祈れない自分が、余計に惨めで……）

勇者は王女の手を取ると、嬉しそうに目を細めた。
王女もまた幸せそうに微笑み返すのを見て、リタは思わずその場に立ち止まる。
二人が結ばれるのは必然だった。仕方なかった。
(でも、私――)
リタはこくりと唾を飲み込むと、胸いっぱいに空気を吸い込む。
そのまま大きく口を開けて、勇者に向かって叫んだ。
「ディミトリ！」
前にいた二人が、揃ってこちらを振り返る。
怖い。逃げたい。
でも、言わないと。
もう二度と――後悔したくないから。
「ディミトリ、実は、私――」
しかしその瞬間、リタの喉奥からすべての声が失われた。
何度発しようとしても、なんの音も出てこない。
(どうして⁉　早く、早く言わないと――)
だがリタがどれだけ必死になっても、一切言葉にはならず――。
いつしか二人はそっとリタに背を向けた。
「……！　……‼」

（待って！　行かないで！　お願いだから、話を――）

声なき悲鳴を上げるリタを残し、二人は白く輝く先へと歩いていく。

光に包まれていくその姿に、リタは一人涙を流すのだった。

◇

「――っ‼」

翌朝。

リタは学生寮にある、自分のベッドで目を覚ました。

（……そうか私、ランスロットの家から帰ってきて……。そのまま……）

疲れきった息を吐き出すと、乱れた前髪を掻き上げる。

勇者の夢を見たのなんて何十年ぶりだろう。

（きっと、第二王子と会ったからね……）

かつての勇者、そのままの姿をしたエドワード。

全然違う人間だと理解しているのだが、心が追いついてくれない。

（それにしても、ランスロットには悪いことをしたわ。またどこかで、ヴィクトリアになって謝りに行かないと……）

鏡に映る小柄なリタの姿を確認したあと、すぐに変身魔法を解こうとする。

だが――。

「……?」

声が出ない。

口を開き、もう一度喉奥に力を込める。

しかし何度試したところで、いっこうに音は生まれなかった。

(どうしよう……。声が、出なくなってる……)

再び鏡に映る自身を見る。

その瞳には、深い絶望の色がはっきりと浮かんでいた。

第六章　失われた魔法

「おそらく、心因性のものでしょう」

「…………」

医務室の椅子に座っていたリタは、向かいにいたイザベラの言葉を聞いて俯いた。

「すでに実感しているとは思いますが、我々魔女は、声なしに魔法を使うことができません。精霊たちに指示を出すことが不可能だからです」

「…………」

「精密検査では異常なし。声帯にも傷一つついていない。扁桃腺の腫れ、気道狭窄《きょうさく》の傾向も見られない。つまり病気や怪我によるものではないということです」

「…………」

「『魔女』の中には時折、こうした症状が現れる者がいます。周囲からの強いプレッシャー、耐えがたいストレスを感じた時に発症し、魔法が使えなくなるのです」

それを聞いたリタは手元のノートに文字を書く。

『どうすれば治るのですか？』

「……はっきりとした治療法は確立されていません。声が出なくなる原因は、それぞれ違いますから」

イザベラはそう言うと、机の上にあった資料を手に取った。

「とりあえず、しばらく実習は免除とします。ただし単元ごとに小テストを設けるので、授業はきちんと聞いておくように。騎士科との合同授業はしばらくありませんが……一カ月後、学期末の大切な実技テストが行われます。もし、その時までに治らないようであれば……」

「…………」

週二回の学内カウンセリングを言い渡され、リタは医務室をあとにする。

廊下に出るとランスロットにアレクシス、ローラが駆け寄ってきた。

「リタ、どうだった？」

『心因性のものみたい』

「心因性……」

蒼白になるローラに続き、アレクシスが不安そうに尋ねる。

「な、治るんだよね？　まさかずっとそのままなんてことは……」

『魔女にはたまにあることらしいけど、いつ治るかは……』

「そんな……」

どよんと落ち込む二人をよそに、ランスロットはいつもの様子で両腕を組んだ。

「あまり深刻に考えるな。治す方法は必ずある」

「…………」

「今、うちの伝手を使って『白の魔女』様に連絡を取っている。治癒魔法ではこの国で右に出る者はいない御方だ。だから安心しろ」

そう言うとランスロットは、リタの頭をぐしゃぐしゃと撫でた。

驚いたリタが慌てて顔を上げると、いつも通り余裕のある笑みが返ってくる。

それが、変に不安にさせまいと振る舞う彼なりの優しさのように感じられて――リタの鼻の奥がつんと痛んだ。

その一方、『白の魔女』という単語を聞いたローラとアレクシスはぱあっと破顔する。

「良かった！　それならきっと治りますね」

「リタ、大丈夫だよ。だから今はゆっくり休んで」

『ありがとう二人とも。ランスロットも』

リタの書いた文字を見て、ローラとアレクシスが眉尻を下げる。

ランスロットとも目が合い、リタは「えへへ」と困ったようにはにかんだ。

（ごめんねランスロット……。デートから逃げ出しただけじゃなく、こんな形で迷惑をかけることになるなんて……）

原因は間違いなく、勇者に瓜二つの王子――エドワードに出会ったことだろう。

何百年も前の勇者への恋心が、いまだにリタの心の傷として残っていた。長い年月を経て、もうとっくに未練なんてないと思っていたのに――。

（私……なんて情けないのかしら……）

とにかく一刻も早く、魔法が使えるようにならなくては。

リタは落ち込みそうになる心を、必死に奮い立たせるのだった。

◇

だが数日後。

ランスロットに呼び出されたリタは愕然とした。

『いつ会えるか、分からない？』

「……すまない。『白の魔女』様はそのお力を求めて訪れる多くの病人・怪我人に対して、隔たりなく治療を施されている。そこに身分や家柄は一切関係なく、公爵家だからといって特例は認められない、と返事があったらしい」

「…………」

「俺がうかつだった。少し考えれば分かることだったのに……」

ぎりっと奥歯を噛みしめるランスロットを見て、リタはすばやく文字を書く。

『連絡を取ってくれただけでありがたいよ』

「……今、他の治癒魔法に詳しい魔女を当たっている。治す方法は絶対にある。お前は何も心配しなくていい。俺に任せておけ」

頼もしい彼の口ぶりに感謝しつつ、リタは懸命に筆記具を走らせた。

『ありがとう。私も、なんとか治せないか頑張ってみる』

「ああ」

『ただその、私とのパートナーは解消した方がいいと思うの』

突然のリタからの申し出に、ランスロットは眉間に深い縦皺を刻み込んだ。

「どういう意味だ？」

『来月、学期末の大切な実技テストがあるって先生が言ってた。もしそれまでに治らなかったら、ランスロットの成績に影響しちゃうから』

「俺を見くびるな。お前がいなくても、一人でなんとかしてみせる」

『でも、どんな課題が出るか分からないし――』

なおも書き綴ろうとするリタの手首を、ランスロットがすばやく掴んだ。

顔を上げると、なぜかひどく悲しそうな顔が目に飛び込んでくる。

（ランスロット……？）

「お前は俺のことなんて心配するな。自分が治ることだけを考えろ」

「…………」

押し黙っていると、ランスロットからぐしゃぐしゃっと乱暴に頭を撫でられる。

リタは乱れた髪を直しながら、それ以上何も言えなくなるのだった。

◇

しばらくして、本格的にリタの治療が始まった。

イザベラとのカウンセリング、ローラが調合してくれた心が休まるお香、アレクシスが差し入れしてくれる飴や薬草、ランスロットが手配した治癒魔法の使い手――。

だがどれも目覚ましい効果は得られなかった。

一方、日々の授業にはちゃんと出席せねばならず、魔法が使えなくなったことを知ったクラスメイトたちは、遠くからリタをあざ笑った。

「ランスロット様がいないとなんにもできないくせに、調子に乗るのがいけないのよ！」

「いつまでパートナーでいるつもり？　魔法が使えないんだから、とっとと解消した方がいいと思うけどー」

「ていうか、声が出ないなんて『魔女』失格じゃない？」

「あーあ、そのまま退学してくれないかなあ」

「…………」

教室内だからか、ランスロットの目がないと高をくくっているのだろう。

きゃははは、と耳障りな笑い声が響くが、リタは無言で教科書を鞄にしまっていく。

するとそれを見ていたローラが、ばんっと机を叩いて立ち上がった。

「や、やめてください……！」

「なっ、なによ……」

「だ、誰だって、こうなる可能性はあるって、イザベラ先生が言ってました……。魔女ならこんな時、仲間を助けられる方法を探すものじゃないんですか!?」

普段おとなしいローラの反撃に、クラスメイトたちは一気に気色ばむ。

「ローラぁ、あんた言うようになったじゃない？　暴力事件起こして、一時期は謹慎くらってたくせに」

「そ、それは……」

「騎士候補たちが怖がって、まだ誰もパートナー引き受けてくれないんでしょ？」

「……っ」

「落ちこぼれ同士、せいぜい仲良く落第すればぁ」

悔しさからか、ローラの瞳の表面にみるみる涙の膜が広がっていく。

それを見たリタは、彼女の制服の袖をそっと引っ張った。

『私なら大丈夫』

「リタ……」

『ほら、早く行きましょう』

鼻の先で笑うクラスメイトたちを無視し、二人はさっさと教室の外に出る。

学生寮に続く回廊を歩いていると、後ろにいたローラがぽつりとつぶやいた。

「ごめんなさい。あたし、何もできなくて……」

『そんなことないわ。お香、とっても良い匂いだった』

「………」

すっかり塞ぎ込んでしまったローラに向けて、リタはすらすらとノートに文字を書く。

『そういえば、私があげた手袋は使ってる？』

「う、うん！　でもその……なかなか上手く炎が固定できなくて……」

「………」

それを聞いたリタはぴたりと足を止め、何やら熱心に書き始めた。

ローラがきょとんとした顔で待っていると、やがて非常に複雑な魔法術式が差し出される。

「これは……」

『私なりに、ローラに合ったものを考えてみたの。今はちょっと難しいかもしれないけれど、何回も練習すれば、きっと使えるようになると思って』

「リタ……」

ローラは術式が描かれたページを受け取ると、ぽろっと涙を零した。

「絶対、絶対、治しましょう！　そして一緒に来期に進むんです！」

『ええ、もちろん』

力強く書かれたリタの文字を見て、ローラはまた少し泣いていた。

◇

早速練習してみますというローラと別れ、リタはいつものように図書館に向かう。

するとその途中、アレクシスが姿を見せた。

「リタ、今ちょっといいかな」

「……？」

「はいこれ。おじいちゃんが、喉にいい蜂蜜があるって送ってくれたんだ」

『いつもありがとう、アレクシス』

ガラス瓶に入った琥珀色の液体を受け取り、リタは小さく微笑む。

それを見たアレクシスは分かりやすく肩を落とした。

「やっぱりまだ、声、戻らないんだね……」

「…………」

「ああごめん、急かすつもりはなかったんだけど……」

なおも落ち込むアレクシスを前に、リタはせっせとノートに書き綴る。

『優しいおじいちゃんだね』

「え？」

『前に、眼鏡も買ってくれたって言ってたから』

「……はい。おじいちゃんは本当に優しい人です」

その文字を見て、アレクシスはようやく弱々しく笑った。

「実は僕、孤児で。両親の顔も名前も分からないんです」

「……！」

「驚かせてすみません。それで……教会の前で泣いていたところを、おじいちゃんが拾ってくれたそうなんです」

アレクシスの祖父は元兵士で、今は北にある小さな村で暮らしているそうだ。

必要な剣や弓の技は、すべて彼から教わったらしい。

「僕はおじいちゃんから、たくさんのものを貰いました。暖かい家、お腹いっぱいの食事、誰かと暮らすことの楽しさ……。決して裕福な生活ではありませんでしたが、毎日とっても幸せでした。そんなある日、おじいちゃんの古い友人という方がうちを訪ねてきたんです」

彼はアレクシスの剣の腕を高く評価し、ぜひオルドリッジ王立学園に入学させるべきだ、良ければ自分が推薦すると息巻いたそうだ。

だがアレクシス自身、ものすごく悩んだという。

「自分の力がどれほどのものか、試してみたい気持ちはありました。でも僕がいなくなったら、おじいちゃんが一人になってしまう、と思って……。だからいったんは、お断りしようと思っていたんです」

しかしそのことを伝えると、アレクシスの祖父は激怒した。

「馬鹿にするな、ってめちゃくちゃ叱られました。お前がいなくても、自分はずっと一人で生きてきた。そんなくだらない理由で将来を諦めるなんて、それで自分が喜ぶとでも思ったのか――って。

すっごい剣幕で」

それで目が覚めたアレクシスは、祖父の友人にあらためてお願いしたのだという。

「怒られてからしばらく、僕はおじいちゃんと話す勇気が出ませんでした。そのうちあっという間に入学準備の時期が来て、おじいちゃんの友人の方が馬車で迎えに来てくれて……。最後に、今までのお礼だけでも言っておこうって部屋に行ったら、この眼鏡をくれたんです」

入学祝いだ、とだけ。

いつもの怖い顔つきのまま、無理やり手のひらに押しつけられた。

『本当に、大切な眼鏡だったのね』

「……はい。あとで知ったことなんですが、おじいちゃんは昔『騎士』になりたかったそうなんです。でも当時騎士になるには、王都で行われる厳しい試験に参加しないといけなかった。若い頃のおじいちゃんは、そこまで行ける余裕がなかったんです……」

貧しい家の長男に生まれたため、一家の大黒柱であることを求められた。

働いて、働いて、弟妹たちが大きくなって独り立ちして、両親が亡くなって、ようやく自由になった頃にはもう――『騎士』を目指すだけの体力も気力もなくなっていた。

「僕、入試の成績は全然ダメだったけど……。でも『騎士』になれるよう、これからも頑張りたいんです。だって、おじいちゃんの夢でもあるから……」

「………」

それを聞いたリタは、急いでノートに自分の思いを書きなぐった。

『絶対なれるよ、騎士』

「リタ……」

『だからこれからも一緒に頑張ろう?』

拳を握り力強く頷くリタを見て、アレクシスはゆっくりと目を細めた。

「ごめんね。リタの方が不安なのに、こんな話して……」

リタはふるふると首を振る。

だがふと思い出すと、次のページにまたもせわしなく文字を書いた。

『お願いがあるんだけど』

「うん。何?」

『ローラとパートナーになってもらえないかな?』

アレクシスはそれをじっと読み込んだあと、少しだけ寂しそうな顔をした。

「僕は……リタがいい」

『私だって助けたいよ。でも、この状態じゃ逆に邪魔になってしまうから』

「でも……」

『ローラ、今とっても頑張っているの。でも次のテスト、騎士候補なしではクリアできない課題かもしれない。だからお願い』

手が痛くなるほど書き続け、リタはぱっとノートを開いてアレクシスに向ける。

アレクシスはしばし沈黙していたが、やがて深いため息を吐き出した。

「いいよ。リタがそこまで言うなら」

「……！」

「でも、君をパートナーにしたい気持ちは、いつまでも変わらないから」

ようやくはにかんだアレクシスを前に、リタは勢いよく頭を下げるのだった。

◇

夕刻。

図書館にいたリタは、閉館の鐘の音を聞いてようやく顔を上げた。

（今日も、役に立ちそうな情報はなかったわ……）

声が出なくなってから、毎日のように治療法を調べている。

だが喉の炎症を抑え、声帯の調子を改善する治癒魔法などはあるものの、原因の分からない失声症に関しては現状、心理的負荷を軽減するカウンセリングのみが有効とされていた。

（魔法が分かったところで、使えないとどうしようもないけど……）

ローラとアレクシスにはつとめて明るく返したものの、いまだ治る見込みはない。

もしこのまま、永遠に魔法が使えなくなったら――。

「…………」

本を棚に戻し、図書館の外へ出る。

回廊はすっかり暗くなっており、リタは真っ白な息を吐き出した。

（寒い……ローブ、着てくれば良かったな……）

ごしごしと両腕をさすりながら、急ぎ足で学生寮へと急ぐ。

だがその途中で「おい」と呼び止められた。

「こんなところにいたのか、探したんだぞ」

「！」

現れたのは外套をまとったランスロットだった。

中庭から回廊に足を踏み入れると、そのままガタガタと震えるリタの前に立つ。

「なんだ、ローブ忘れたのか？」

こくこくっとリタがすばやく頷いたのを見て、彼は「はあ」と呆れ顔で額を押さえた。

すぐに自身が着ていた外套を脱ぎ、リタの両肩にふわりとかけてくれる。ランスロットの優しい体温がじんわりと全身を包み込んだ。

「とりあえずこれ着てろ。このうえ風邪まで引いたらどうするつもりだ」

「………………」

「それより喉はどうだ？」

リタが静かにかぶりを振ると、苦々しく「そうか」とだけ応じた。

「明後日には新しい薬が届く。王都の有名な歌手を何人も治してきたという、名医に処方させたものだ。それを飲めばきっと元通りになるだろう」

「…………」

「もしそれがダメでも、『白の魔女』様の弟子だという人物と連絡が取れた。他にも治癒魔法に特化した者の情報を集めている。冬季休暇に入れば、泊まり込みでカウンセリングに取り組むこともできるだろう。だから――」

つらつらと語るランスロットを前に、リタはつい苦笑する。

（本当に……優しくて、真面目な人……）

くいくい、と彼の制服の袖を引っ張ると、リタはノートに文字を書き始めた。

『色々ごめんね、ランスロット』

「謝る必要はない。お前は俺のパートナーなんだから、これくらい当然だ」

『でも、もう十分だよ』

「……？」

『正直、またいつ魔法が使えるようになるか分からないし、やっぱりできるだけ早く、新しいパートナーを探した方がいいと思う』

「…………」

『ランスロットだったら、誰に頼んでも絶対に引き受けてもらえるよ。だから――』

だがそこまで書きつけた途端、ランスロットは突然リタの手首を掴んだ。

ひどく不満げな様子で、リタをじいっと睨みつける。

「……お前、俺が嫌いなのか？」

「!?」

まさかの返答にリタは手を振り払い、ぶぶぶんっと激しく左右に首を振った。

『そういうことじゃなくて！　このままじゃランスロットの迷惑に』

「前も言ったが、俺のことは心配しなくていい」

『でも——』

書く手間すらももどかしく、リタはしゃがみ込んで必死に筆記具を動かす。

するとランスロットが再度その手を取り、リタの膝の上にあったノートをすっと引き抜いた。

「……？」

次の瞬間、両手で摑んでビリビリッと真っ二つに破いてしまう。

「——!!」

「よし、これでもう話は終わりだ」

「——!?　——!!」

「そんなに怒るな。あとで新しいのを買ってやるから」

バラバラになったノートを手に、ランスロットはどこか満足げに口角を上げた。

一方リタは「なんてことを」と彼の背中を両手でぽかすかと叩く。

それを受けてランスロットが珍しく「ははは っ」と笑った。

「だってノートがあったら、ずっと言い合いになるだろ」

「…………」

「そう膨れるな。きっとテストまでには良くなるはずだ」

「…………」

リタはその場でしばし押し黙っていたが、やがてそっと手を伸ばした。

指先で、ランスロットの背中にそろそろと文字を書く。

『どうして』

「ん？」

『ここまでしてくれるの』

「…………」

俯くリタの顔をちらりと見たあと、ランスロットはいつもの調子で口にした。

「何度も言っているだろう。お前は俺の、パートナーだからだ」

「…………」

「何度言われようとも俺は、お前が本気で俺を嫌いにならない限り、パートナーとして隣に立ち続ける。だからお前も、俺に愛想を尽かすまでは一緒にいてくれないか？」

頭だけ振り返ったランスロットが小さく微笑む。

それを目の当たりにしたリタは、おずおずと指を動かした。

『わたしで　いいの』

「ああ」

『せいせき　さいかいだよ』

「知ってる」

『まほう　ずっとつかえないかもしれない』

「絶対治る。大丈夫だ」

「…………」

リタはそっと、ランスロットの背から指を離した。

そのまま前に回り込むと、彼の手を取ってあらためて一文字ずつ書きつける。

『あ』

『り』

『が』

『と』

『う』

「……ああ」

顔を上げると、嬉しそうに笑うランスロットと目が合った。

勇者とは全然違う。

銀色の艶々した髪。青くてまっすぐな瞳。

それなのに、まるで彼と向き合った時のように妙に胸がざわつく。

（私、どうしちゃったのかしら……）

その不思議な感覚に、リタは一瞬だけ不安を忘れたのだった。

第七章　私が魔法を使う理由

学期末、実技テストの日。

空にはあいにく、どんよりとした雲が広がっていた。

会場となる中庭には、冬らしく冷たい空気が満ちている。

「リタ、寒くないか？」

「………………」

隣に立っていたランスロットに話しかけられ、ローブ姿のリタはこくりと頷いた。

そのまま口元に両手を寄せると、「はあっ」と白い息を吐き出す。

（結局、間に合わなかった……）

入学して最初の大きな試験ということもあってか、会場内は普段とは違うピリピリとした緊張感に満ちていた。いつもはいない学園長の姿もあり、生徒たちは皆緊張してそわそわと落ち着かない表情を浮かべている。

ふと顔を上げると、少し離れた位置で何かを話しているローラとアレクシスがいた。

彼ら以外にもひそひそと、時には深刻な顔つきで話し合うパートナーたちの姿は多く見られ、リタはちらりとランスロットの方を見上げる。

（本当に良かったのかしら……）

試験直前、イザベラから「辞退するか」という打診もあった。

だがリタは少し悩んだあと、受けてみたいと申し出た。

ランスロットからは「お前が棄権するなら俺も出ない」と言われていたし、何よりリタ自身が最後まで頑張りたいと思ったからだ。

（とにかく、できることをやらないと……）

不安とも怯えともつかぬ重圧に、合わせた手ががたがたと震える。

それに気づいたのか、横にいたランスロットが突然リタの指先を片手でぎゅっと包み込んだ。冷え切った手に彼の体温がじんわりと伝わり、リタは思わずその場で顔を上げる。

目が合ったところで、ランスロットはいつものように自信満々に笑った。

「大丈夫だ。心配するな」

「………」

その言葉を聞いた途端、リタは全身の震えがすっと引いていくのが分かった。

同時に火が灯ったかのように、胸の奥が温かくなる。

ランスロットに言われると、本当になんとかなりそうな気がするから不思議だ。

やがて準備が整ったのか、教師たちがそれぞれの持ち場につき始めた。学年主任である騎士科の担任が生徒たちの前に立つ。

するとそこに――『騎士』の制服を着た仰々しい一行が現れた。

ランスロットたち『騎士候補』のものとよく似ていたが、彼らがまとっているのは白と金色を基調とした、王族たちの護衛を務めるエリートたちの装いだ。

（護衛騎士？　なんでこんなところに……）

いったい何ごとだ、と他の生徒たちもそれぞれ首を傾げる。

やがて護衛騎士たちの奥から「おーい！」と聞き覚えのある声が聞こえてきた。

「ランスロット、久しぶりだな！」

「殿下⁉」

（ど、どうしてここに……）

そこにいたのは第二王子のエドワードだった。

相変わらずキラキラとした笑顔のまま、元気よくランスロットに手を振る。

「実はずっと、この学園に遊びに来たかったんだ！　そうしたら今日、ちょうど学期末テストだっていうから。せっかくだから見学させてもらおうと思って！」

（ぎゃー！）

今いちばん会いたくない相手の登場に、リタは声なき悲鳴を上げる。

ランスロットの方を見ると、彼はこめかみに青筋を浮かべながら奥歯を噛みしめていた。

「っ……この大事な時に……」

（な、仲良いんだよね……？）

ぎりぎりと苛立ちをあらわにするランスロットから目をそらし、リタはあらためてエドワードの方を見つめる。するとその視線に気づいたのか、エドワードはまっすぐリタの方を向き――そのまま「にこっ」と人好きのする満面の笑みを浮かべた。

真正面からそれをくらったリタは、思わず「うっ」と自身の胸元を摑む。前回はヴィクトリアの姿だったため、リタのことは完全に初対面だと思っているようだ。

(だから！　別人だから‼)

一方、突然の第二王子の登壇に、生徒たちからは驚きとも悲鳴ともつかない歓声が上がった。

特に女子生徒たちは滅多に会うことのできない王族、さらにはあの輝くような美貌の王子様ということもあり、絶え間なく黄色い歓声を上げている。

騎士科の担任は片耳を押さえると、より大きな声で叫んだ。

「と、いうことで！　今回の実技テストは第二王子のエドワード様がご覧になる！　日頃の練習と勉強の成果を十分に発揮し、将来国を支えるであろう騎士・魔女候補として恥ずかしくない結果を出すように！」

(ま、ますます、プレッシャーが……)

祈るような気持ちで、試しに喉の奥から声を絞り出そうとする。

だがここまで本番が迫ってもやはり、リタの口から音が出ることはなかった。

「試験の順番は、事前にくじで決めた通りだ。まずは――」

騎士科担任に呼ばれ、最初のペアが歩み出る。

試験内容は、前回の合同授業と同じく仮想敵の討伐——だが五匹、とその数が増していた。

試験が開始された直後、眺めていたランスロットが「ふむ」と顎に手を添える。

「どうやら以前とは違う特性をつけられているようだな。それに五匹中二匹は、魔女候補を優先的に狙うように仕組まれている。騎士側の立ち振る舞いが下手だと、あっという間に負けることになるが——」

(すごい、また見ただけで分析してる……)

ランスロットの読み通り、魔女候補が呪文を詠唱しようとした途端、一匹の獣が勢いよく飛び出しそちらに襲いかかった。とっさのことで騎士候補は反応が遅れ、即座に「そこまで！」と言い渡される。

「しっかり自分のパートナーを守れ。次！」

続くペアも防戦一方のまま制限時間が過ぎてしまったり、その次のペアは二匹まで倒したものの、残りの獣に襲われて失格したりと散々な結果だった。

やはり一筋縄ではいかないようだ。

(そんなに難しいんだ……でもこれなら、失敗してもあまり成績には……)

だがその直後、わあっという歓声が前方から上がった。

リタが必死につま先立ちしていると、ランスロットが「ほう」と目を見開く。

「ようやく、一組目の合格者が出たらしいぞ」

「！」

周囲の称賛を受け取りながら、合格したペアが戻ってきた。

彼らは拍手を送る生徒の間を通り抜け、リタとランスロットの前に姿を見せる。

現れたのはリーディアとそのパートナーだ。

「あらリタさん。わたくしの魔法、ご覧になりまして?」

彼女は長い水色の髪を優雅に払うと、自慢げに口元に手を添えた。

「良かったらあなたも参考に――あら、いけない。まだ魔法が使えないんだったかしら」

「…………」

リタは押し黙ったまま、視線から逃れるように俯く。

それを見たリーディアは、まさに勝ち誇ったように笑った。

「まあ、たとえ万全の状態であったとしても、あなたにはとても――」

「おい、いい加減にしろ」

ドスの利いたランスロットの声に、リーディアはびくっと肩をすくめる。

だが気丈にも彼の方を振り返ると「ふふっ」と静かに目を細めた。

「ねえランスロット様、一つ、賭けをしませんこと?」

「賭け?」

「もしこのテストでお二人が失格になったら、後期が始まってすぐに行われる『再選考』で、わたくしのパートナーになってくださいませ」

「――!」

とんでもない提案にリタはこくりと唾を飲む。

しかしランスロットは、ひと時も迷うことなく言い返した。

「しない」

「あら冷たい。……でも、リタさんが言い出せば、その限りではありませんよね？」

「……⁉」

「リタ、聞かなくていい」

ランスロットがすばやく制止するが、リーディアはリタに小声で話しかけた。

「あなただって、もう分かってらっしゃるんでしょう？　自分では、ランスロット様のご迷惑になってしまうこと」

「…………」

「魔法が使えない魔女なんて、騎士様のお荷物でしかありませんわ。早く自分の無力さを認めて、ふさわしい相手に譲ることこそが、ランスロット様をお助けする唯一の——」

「リーディア‼」

怒りを滲ませたランスロットが、二人の間に割って入ろうとする。

しかしリタは毅然と顔を上げると、手にしていたノートに大きく書き記した。

『お断りします』

「なっ……」

『ランスロットは、私の大切なパートナーです』

「……っ！」

堂々と書かれたその文字を見て、リーディアは強く唇を嚙みしめる。

だがそれ以上は何も言わず、くるりと二人に背を向けると、ひどく憤慨した様子でずんずんと校舎に向かって歩き出した。パートナーの騎士候補が、慌ててそれを追い駆けていく。

その背中を見送ったところで、

「ようやく自覚が出てきたか」

「………」

ランスロットの顔には溢れ出しそうな喜びと、どこか満足げな笑みが浮かんでいた。

それを見たリタもまた、得意げな面持ちでこくりと頷く。

その時再び「合格！」という声が、試験会場の方から聞こえてきた。

「お、あいつらも上手くやったみたいだぞ」

「！」

人ごみを掻き分けて、ローラとアレクシスが戻ってくる。

ローラの手には、リタがあげた黒い革手袋がしっかりと嵌められていた。

「リタ！　あたし、やりましたよー！」

「はあ……失敗しなくて良かった……」

どうやら二人も無事、試験をパスすることができたようだ。

興奮冷めやらぬ様子のローラが、勢いよくリタの両手を摑む。

「きっと大丈夫です！　ほら、ショック療法というか、本当にピンチになった時には人間、ものすごい力が出ると言いますし！」

『ありがとう、ローラ』

「……試験が終わったら、冬休み、いっぱい遊びましょうね」

すでにうるうると涙ぐんでいるローラをよそに、アレクシスもリタに話しかける。

「リタ、そんなに緊張しないで」

「………」

「結構みんな失敗してるし。ダメでも多分部分点が――」

「お前、俺が負けると思ってるのか？」

「そ、そういうわけでは……」

隣にいたランスロットからすごまれ、アレクシスは「ひぃ……」と震え上がった。

そのやりとりを見ていたリタは、目と口元だけで微笑む。

『アレクシスもありがとう。とりあえず、できる範囲でやってみる』

「……うん。応援してる」

やがて騎士科担任の野太い声が聞こえてきた。

「次、ランスロット、リタ！」

「呼ばれた、行くぞ」

「……！」

ローラとアレクシスの声援を背に、リタは前に歩み出る。

がらんとした試験会場では、グルルルと唸りを上げる獣たちがこちらを睨みつけていた。

少し離れた位置に豪華な天幕があり、その下でエドワードが手を振っている。

ランスロットはそれに目をやることもなく、冷静に前を向いた。

「どんな方法であれ、倒せば得点だ」

「………」

「魔法を使うふりをして、まずは相手の注意を引け。その隙に俺があいつらを仕留める。すぐに狙ってくるだろうから、常に俺を前衛に置いた状態で逃げ続けろ。……お前のことは、俺が絶対に守ってやるから」

（ランスロット……）

静かな──だが輝くばかりの闘志を秘めた、ランスロットの綺麗な瞳。

リタはそれを見て、こくりと大きく頷いた。

（大丈夫──）

ランスロットはいつだって傍にいてくれた。

魔法が使えなくなったあとも、ずっと。

（こんな私を、なんの意味もないパートナーだと選んでくれた……）

最初は、なんの意味もないものだと思っていたのに。

いつの間にかリタの中で、ランスロットの存在が大きくなっていた。

彼こそが、自分のパートナーなのだ――その気持ちが、リタの心を強く奮い立たせる。
(私は……ランスロットにふさわしい人間でありたい)
やがて開始の合図がかかり、リタは大きく息を吸い込んだ。
雑念を払い、頭の中を真っ白にする。
(しっかりしなさい、ヴィクトリア――)
三百八十年前、冥王と繰り広げた死闘を思い出す。
灼熱で喉が焼けても、呪文を何百、何千回、何万回唱えても。
勇者と修道士を救うため、ヴィクトリアは戦い続けた。
(騎士は魔女を守る、でも――)
ひんやりとした冬の冷たい空気が、肺から全身のすみずみにまで行き渡る。
あらゆる感覚が、精神が、限界まで研ぎ澄まされる。
(魔女だって――騎士を助けるものなのよ‼)
全身全霊。
この一瞬に懸けるよう、リタは大きく口を開く。
だがその瞬間――背後から、落雷にも似たすさまじい轟音が鳴り響いた。
(なっ……何⁉)
慌てて喉を押さえたが、リタの声は出ていない。
(私の魔法じゃない……じゃあいったい――)

動揺するリタのもとに、ランスロットがすぐさま駆けつけた。

「大丈夫か⁉」

「……！」

二人は揃って音のした方を振り返る。

そこにあったのは実習棟――ただし三階より上の部分が完全に崩壊していた。

そして――。

（冥獣⁉　しかもこんなにたくさん……）

かつて王都で遭遇した鳥の『冥獣』が――五匹。

ばさり、ばさりとその大きな両翼で学園の上空を飛び回っている。

「どうしてここに……」

冥獣たちはギャイ、ギャイと耳障りな鳴き声を発しながら悠然と灰色の空を舞っており、それを目にした生徒たちは完全なパニック状態に陥っていた。

恐ろしさに悲鳴を上げる女子生徒、何が起きているのか理解できず狼狽する男子生徒、周りにいた教師陣も皆血相を変え、愕然とした表情で上空を見上げている。やがて中庭から逃げ出す生徒が現れ、他の生徒たちも我先にとそれに追従した。

試験会場は、まるで冥王が再来したかのようなとてつもない混乱の渦に陥り、焦燥した騎士科担任が声を荒らげる。

「試験は中止だ！　全員、すみやかにここから離れろ！　建物には入らず、裏門前の広場で教師の判断を——」

だが指示を言い終えるよりも早く、またも地面を震わせるような破砕音が響き渡る。またどこかの建物が壊されたらしい。

リタが呆然としていると、ランスロットが手を差し出した。

「走れるか？　俺の手を——」

「………………」

しかしリタの目は先ほどから、空に浮かぶ冥獣の一匹に釘付けになっていた。

その個体だけ、少し離れたある一点をぐるぐると周回している。

（なんだろう……。まるで地上の何かを狙っているみたいな……）

すぐさま会場の方を振り返る。

先ほどまでエドワードがいた天幕は、すでに避難したのかもぬけの殻になっていた。

（まさか、ね……）

だが名状しがたい胸騒ぎを覚えたリタはランスロットの手を取らず、突然その場から走り出した。

逃げまどう生徒たちの間を小さな体で器用に潜り抜けていく。

ランスロットはそれを見て、大きく目を見開いた。

「あ、おい！」

（確認するだけ、何もなければそれで——）

しかしリタの悪い予感は当たり、校舎から遠く離れた中庭の隅でエドワードと護衛騎士たちが立往生していた。複数の狼型の冥獣に取り囲まれている。

どうやら空だけではなく、地上にも冥獣たちが侵入していたようだ。

（……っ、助けないと――）

だがやはり声が出る様子はない。

リタはいちかばちか、近くにいた冥獣を持っていた杖で力いっぱい殴った。

まさかランスロットとの特訓がこんな形で役に立つとは。

「――っ！」

「君⁉　やめた方がいい！　危険だ‼」

中央にいたエドワードが気づき、すぐに制止の声を上げる。

しかしリタは、その後も必死になって冥獣たちを追い払おうとした。それに気づいた冥獣たちの敵意がリタ一人に集中し始める。

やがて護衛騎士の一人が、エドワードに向かって叫んだ。

「エドワード様、今のうちにお逃げください！」

「そんなことできるか！　わたしのことはいいから、早くあの子を――」

だが言い終えるよりも早く、彼の傍にいた護衛騎士が二人がかりでエドワードを抱きかかえた。

彼らが無事離れていくのを目の端で確認し、リタはほっと息を吐き出す。

（良かった、こっちに注意が向いて……。この手の獣は、弱そうな人間を真っ先に狙うから……）

かつて勇者と修道士とともに歩いた旅で、そのことは何度も痛感していた。

だがもう守ってくれる彼らはいない。魔法だって使えない。
これからどうしたらいいのか、全然分からない。
（私、いったい何してるのかしら……）
エドワードは勇者じゃない。
他人だ、別人だと、何度も自分に言い聞かせてきたはずなのに。
どうしてこんな無茶な危険を冒してまで、自分は――。
（……ああ、そっか）
冥獣たちはリタをターゲットに定めたのか、ゆっくりと周りを取り囲んだ。
リタはそれを見て、杖をぎゅっと強く握りしめる。
（私……もう一度あの人が亡くなるところを、見たくなかったんだわ）
本当に。本当に。大好きだったから。
やがていちばん近い位置にいた冥獣が、勢いよくリタに襲いかかった。
「……っ！」
リタは真正面でそれと向き合い、力の限り杖を振り下ろす――。
「ギャインッ!!」
（……？）
すぐ鼻先で、冥獣のけたたましい鳴き声が上がった。
リタは反射的に閉じていた目を、おそるおそるその場で開ける。

そこには、ランスロットの大きな背中があった。

「だから、どうしてお前はわざわざ危ないところに突っ込んでいくんだ⁉」

（ランスロット……！）

続けて襲いかかってくる冥獣たちを斬り伏せながら、彼は冷静に続ける。

「だが殿下を救ってくれたことには感謝する。あれでも一応、親友なんでな。それよりここは俺がなんとかする。お前は早く逃げろ」

「……っ」

不安そうに顔を歪めたリタに向けて、ランスロットは苦笑した。

「お前を守りながら戦う方が厄介なんだよ。こんな奴ら試験以下だ。心配するな」

「……っ」

背中を押されたリタは一度だけ振り返ったあと、ランスロットを置いて走り出す。

離れていく途中、再び冥獣が上げる断末魔の声がした。

（私……本当に役立たずだ……）

魔法がないと、こんなに何もできないものなのか。

情けない。恥ずかしい。

（早く助けを……誰か、先生を呼ばないと……）

多くの生徒が逃げまどう中庭を走り抜け、避難場所である裏門へと急ぐ。半壊した実習棟はむごたらしい状態で教室内部を晒しており、リタは思わず目をそらした。

そこで回廊近くに崩落していた破片の下に、きらりと光るものを発見する。

(……?)

激流のような人の波に逆らい、リタはその場に駆け寄る。

落ちていたのは高価そうな真珠の髪飾り。そしてそのすぐ傍には――瓦礫《がれき》に圧《お》し潰されているリーディアの姿があった。

上半身は無事のようだが、腰から下が完全に埋まっている。

(まさか最初の攻撃の時、ここに……?)

かろうじて息はあるが、ショックのためか完全に意識を失っている。折り重なった外壁をどかそうと試みたが、重たすぎてリタ一人では動かせそうにない。

すると奮闘するリタの気配に気づいたのか、リーディアがうっすらと目を開いた。

「リタ……さん……?」

「……! ……!!」

「っ……、ああ、なんてこと……」

ようやく自身の状態を察したリーディアは、体を動かそうと奥歯を噛みしめる。

だがすぐに無理だと判断したのか、リタに向かって語りかけた。

「わたくしはもう、無理ですわ……」

「……!?」

「足が動きませんの……あなただけでも、逃げて……」

「……っ‼」

リタは歯がゆさに唇を歪めると、すぐさま限界まで口を開けた。

「――っ！　――っ‼」

(土の精霊よ！　土の精霊よ‼　聞こえないの⁉　ねえ‼)

必死になって、何度も声を出そうとする。だがやはり一つの呪文も出てこない。

リーディアがそれを見て「ふふっ」と力なく笑った。

「やめなさい……魔法も使えないくせに……」

「……っ！　……っ‼」

(どうしてっ……どうしてなのよっ……‼)

瓦礫を押さえていた手のひらに、破片が食い込んで焼けるような痛みが走る。

しかしリタは支え続けることをやめなかった。

「もう諦めなさい……あなた、わたくしからされたこと忘れたの？」

「……っ、……」

「……本当に、嫌な子……」

(どうしよう……誰か、誰か……‼)

やがて瓦礫の奥の方から、がらっと崩れる音がした。

リタの手にさらなる激痛が走り、思わず体勢を崩してしまう。

「――っ‼」

（だめ……このままじゃ……）

しかし次の瞬間、手のひらにかかっていた重さが突然軽くなった。

慌てて横を見る。そこにはリタに倣い、懸命に瓦礫を支えるローラの姿があった。

リーディアが顔を上げ、信じられないという表情で叫ぶ。

「ローラさん⁉　あなた、どうして……」

「あたしはあなたのこと、好きじゃない、ですけど……。でも……助けられる力があるのに、何もしないのは、嫌、なので……」

「…………」

驚きに目を見張るリーディアをよそに、二人はなおも必死に崩落を押しとどめる。

だがこのままでは遅かれ早かれ、限界を迎えてしまうだろう。

（せめて、もう少し人手があれば――）

すると額に汗を浮かべていたローラが、両腕を伸ばしたままゆっくりと口を開いた。

その全身からは、汗とも湯気とも言えぬ熱気が立ち上っている。

「炎の精霊よ……我が声を聞き……我が願いに応じよ……」

（ローラ⁉）

それは精霊に捧げる最上級の呪文。

引き出せる力は倍増するが、一年生のうちはとても使いこなせないものだ。

「真に猛き、炎の力……我が手に――宿れっ……‼」

（まさか、また効果付与《エンチャント》を――）

詠唱を終えた瞬間、ローラの手から紅蓮《ぐれん》の火柱が立ち上った。

それを目にしたリタはかつてと同じ展開を想像し、慌てて止めようとする。

が――。

（手、じゃない……？）

めらめらと燃え盛る鮮紅の炎。

それはローラの手ではなく、彼女がつけていた黒い手袋から立ち上っていた。

魔法の火は瓦礫の縁を焦がし、周囲の温度を一気に上昇させる。

「――っ、どりゃあああっ！」

やがてローラは吼《ほ》えながら、瓦礫の塊を力いっぱい放り投げた。地震のような揺れとともに、リーディアを押さえつけていたものが一気になくなる。

ぽかんとするリタを前に、ローラは汗みずくの状態で笑った。

「前に、リタが教えてくれた魔法、ずっと練習してたんです……」

「…………」

「諦めなくて、良かった……」

半泣き状態のローラを見て、嬉しくなったリタは彼女の肩をとすっと拳で突く。それだけで伝わったのか、ローラはうるうるした目を細めた。

救出したリーディアに肩を貸しながら、三人はようやく裏門へと到着する。

そこは避難した生徒たちで溢れ返っており、教師たちが大声で呼びかけていた。

「怪我をした生徒はこちらに！　無事な人は防護魔法陣の中に入ってください！」

「良かった……間に合いましたね」

「………………」

そこにいたのは防御魔法や治癒魔法を得意とする教師たちで、恐怖に怯える生徒たちを一人一人誘導していた。一方騎士科の教師や、攻撃魔法を主とする魔女科教師たちの姿はなく、どうやら中庭での冥獣討伐に赴いているらしい。

状況を確認したリタは、その場できょろきょろと周囲を見回した。

（……ランスロットは？　まだ来てないの？）

ローラとリーディアには先に避難してもらい、リタは懸命に彼の姿を探す。

すると遠くの上空を羽ばたいていた冥獣の口から、何やらどす黒い炎が漏れ出している様を目撃した。王都でも見た彼らの攻撃方法――だが火球の大きさがあの時の比ではない。

そう気づいた途端、最悪の想像がリタの脳裏をかすめた。

（ランスロット、まさかまだ、中庭にいるんじゃ――）

急激な不安を覚え、リタは冥獣のいる方に向かって走り出す。

その間にも黒い火球は放たれ――直後、耳をつんざくような轟音がリタを襲った。

「――っ‼」

猛然と吹きつけてくる爆風に抗いながら、リタは中庭へと到着する。

顔を上げた先には、この世のものとは思えないほど恐ろしい光景が広がっていた。

（何……これ……）

まるで巨大な鉄槌が振り下ろされたかのように、蜘蛛の巣状に大きくへこみ割れた地面。

もはやなんの残骸か分からないものが、瓦礫と化してあちこちに積み重なっている。

学園の教師たちが冥獣討伐に繰り出していたはずだが、この攻撃で吹き飛ばされたのか、誰一人としてその姿が見えなかった。

（そんな、さっきの一撃で……？）

膨大な土煙と隆起した地盤とで見通しが利かない中、リタはランスロットの姿を探す。

どくん、どくんと拍動する自身の心音すら不快で、込み上げてくる恐怖と不安で全身が押し潰されそうだ。

（お願い、無事でいて——）

すると巨大な瓦礫の近くに、見覚えのある剣が転がっているのを発見した。

間違いない。ランスロットのものだ。

（まさか……）

空を旋回する冥獣の目を盗みながら、リタは近くの瓦礫の下を一つ一つ確かめていく。やがて瓦礫の隙間に土にまみれた銀の髪を発見し、リタは急いでその周囲にあった石片をどかした。

下から現れたのは、意識を失ったランスロット。

「……っ‼」

想像していた以上の惨状に、リタは思わず息を呑む。

彼の体はほとんど瓦礫の下に埋まっており、手と顔がかろうじて覗いているだけだ。

(早く助けないと……！)

ランスロットの上にある石材を支えながら、なんとか彼を引っ張り出そうと試みる。

だがリタの小さな体では当然びくともしない。

「――っ！　――っ‼」

(ランスロット、しっかりして！　お願い、目を覚まして‼)

呼びかけようにも声が出ず、リタはただ無我夢中で彼の手を引っ張る。

するとリタの必死な祈りが届いたのか、ランスロットがふと意識を取り戻した。閉じていた瞼を緩慢に持ち上げると、なぜか嬉しそうに微笑む。

「ああ……来てくださったんですね……。ヴィクトリア様……」

「……？」

「良かった……。あの時、すぐに帰られてしまったから……ぼくは何か、失礼なことをしてしまったのかと……すごく、後悔……していて……。でも、あなたがいてくだされば、もう……安心です……ね……」

(……何を言っているの？　私、リタの姿のままなのに……)

強い衝撃にやられて意識が混濁しているのか。

ランスロットはリタをヴィクトリアだと思い込んだまま、ぽつりぽつりとつぶやいた。

「お願いです……。あいつを、リタを助けてやってください……」

「…………」

「あいつ、今……魔法が使えないんです……。だから……」

(だからどうして！　こんな時まで、私の心配をするのよ……!!)

痛哭《つうこく》したい気持ちを堪えるように、リタは奥歯を強く噛みしめる。

怒りにも似た感情がついに涙となって溢れ出し、ぐしゃぐしゃになった目元をリタは乱暴に何度も手で拭った。

なんとかここから助け出そうと、リタは手当たり次第に瓦礫をどかそうとする。だがどれもこれもがっちりと噛み合っており、リーディアの時よりも余裕がない。

すると突然、ランスロットの声が弱々しくなった。

「全部、ぼくの……せいなんです……」

「……？」

「ぼくが、ヴィクトリア様に会えると浮かれていたせいで……。あいつが苦しんでいることに、全然、気づいてやれなかった……」

「…………」

リタは思わず手を止める。

ランスロットは光のない目から、ぼろぼろと大粒の涙を零していた。

「こんなことなら、ちゃんと……あいつを選んだ理由を、言っておけば良かった……。ぼくが、もっと頑張ってほしいなんて、勝手なこと、考えたから……。だからあいつはきっと……自分で自分を追い詰めて、そのせいで……」

（……もしかして、ずっとそんなふうに思ってたの？）

リタへの接し方が悪かったから。最下位だから選んだと、わざと思わせたままにしたから。

自分のせいで、リタは魔法が使えなくなった。

（そんなわけ……ないじゃない……）

ランスロットはいつだって、リタのパートナーとして隣にいてくれた。

学友の心無い言葉からも、敵の攻撃からも守ってくれた。

第一――彼の本心は、ヴィクトリアの時にもう聞いてしまっている。

（なんなのよ……いったい……）

初めての学園生活を楽しみたいだけだったのに。

過去の恋愛なんか忘れて、自由で穏やかな人生を謳歌するはずだったのに。

勝手にパートナーなんかに選ばれて。

あげく――こんな超・年下から心配される始末。

（私……本当にダメな奴じゃない……）

やがてランスロットは、一言も声を発しなくなった。

生気を失ったかのようにぐったりと動かない。今すぐ高度の治癒魔法をかけても、はたして助かるかどうか――。

「…………」

リタは彼の手をぎゅっと握りしめたあと、そっとその場に立ち上がった。

そのまま空を仰ぎ見ると、悠然と舞い飛ぶ巨大な冥獣たちを静かに睨みつける。

（冥獣だかなんだか、知らないけど……）

戦いですっかりボロボロになってしまった杖を、まっすぐ地面に突き立てる。その上に両手をかざすと、リタは大きく息を吸って目を閉じた。

（罪もない、頑張っている子たちを、こんなに傷つけて……）

全身が怒りによって、ふつふつと沸き立っていく。

一方、頭の中はひどく冷静で、澄み切った湖のように凪いでいた。

（――伝説の魔女を、なめんじゃないわよ！）

体の奥底から、激情が一気にほとばしる。

次の瞬間、リタは怒号にも似た声を全力で張り上げた。


「――雷の精霊よ！」


それは、忘れかけていた自らの声。

呼応するように、バチチチッ！　と青く力強い稲妻が頭上を走る。

「我が声を聞き！　我が願いに応じよ‼」

それは、伝説の魔女の再来。

命令に歓喜した精霊たちが、リタの足元にかつてない規模の魔法陣を呼び起こす。

その範囲は広大な中庭全域にまで広がっており、青く美しい燐光を立ち上らせていた。

リタはその光景を見つめながら、まるで歌うように詠唱する。

「我が欲するは神の裁き、火神鳴《ひがみなり》、悪しきものをすべて撃ち落とせ――霹靂神《はたたがみ》‼」

分厚い雲に覆われていた空が、突如あちこちに青白い雷光を内包し始める。

やがてリタのぱち、という瞬きとともに、周囲にいた冥獣すべてに落雷した。ギャアアア！　という すさまじい咆哮を上げながら、彼らは次々と墜落する。

黒い砂となって冥獣たちが散り消えるのを見ながら、リタはなおも早口で呪文を紡いだ。

（――次！）

ぱんっと両手を叩き合わせ、リタは舞踏のように一回転する。

大きな鳥の翼のように、ローブがふわっと広がった。

「土の精霊よ、荒れ果てた大地、尭風舜雨《ぎょうふうしゅんう》、我が学び舎をあるべき姿に――一陽来復《いちようらいふく》」

「風の精霊よ、淀んだ大気を洗い流せ、科戸《しなと》の風――黄塵万丈《こうじんばんじょう》」

青い魔法陣の上に、今度は緑と黄色でできた二重の魔法陣が展開される。

リタの命に従い、中庭に落ちていた瓦礫が瞬く間に元の姿に戻っていく。同時に強いつむじ風が巻き起こり、土煙と冥獣の残滓を鮮やかに散らした。

天上にまで届いているのか――次第に雲が流れ、隙間から青空が覗き始める。

（っ、まだよ……！）

はあっ、と大きく息を吐き出すと、リタは杖の先端に手のひらを乗せた。

全身の魔力が、命に関わる勢いで一気に吸い取られていく。頭の芯がぐらぐらと揺すぶられて、今にも吐いてしまいそうだ。

だがリタは構わず、最後の精霊を呼び起こした。


「――時の精霊よ！　我が声を聞き！　我が願いに応じよ‼」


学園全体を包み込むような、途方もない大きさの魔法陣。

非常に複雑で難解な術式が刻まれたそれは、うっすらと銀色の輝きを放っていた。

「世の理を、私は否定する！　汝のいと尊き力をもって、善良な者たちをどうか救いたまえ！　代償は我が誓い、我が命、我がすべて、貴殿の望むものを！」

強い言葉の連続で、喉の奥が火を呑み込んだかのように痛い。

あんなに毎日、飴やら薬やら飲んでいたのに。

（この体がどうなってもいい。だからどうか……ランスロットを――）

「千度八千度《ちたびやちたび》申し上げる！　冥獣の手により傷つきし者、瓦礫によって生命《いのち》尽きよう者、そのすべての体に流れる時間を、ほんのひと時！　わずかな星の傾きだけ、元あるべき刻《とき》へ戻したまえ。久《く》遠劫《おんごう》よりいでし――天壌無窮《てんじょうむきゅう》」

願いを告げた瞬間、どこかから穏やかな声がする。

『リタ、本当にいいのですか？』

『エイダニット……』

『これは明確なルール違反。あなたはわたしとの契約を、永遠に破棄しなければならなくなる』

『うん。今までありがとう』

『……あなたほどの才媛であれば、またいくらでも新たな生涯を送れたでしょうに。この魔法を使ってしまえばもう二度と、人生をやり直すことはできなくなるのですよ』

それを聞いたリタは、ふっと柔らかく笑った。

『もういいの、それは』

『リタ……』

『やっぱり私……自分のためじゃなくて、誰かのために魔法を使いたいから』

本当は、ずっと分かっていた。

三百八十年前は、大好きな勇者のために。

そして今は――。

『分かりました。……愛しています。伝説の魔女、ヴィクトリア』

『ありがとう。時の精霊、エイダニット』

リタが囁いた途端、足元に広がっていた魔法陣が一際強く光った。

銀色の粒子が次々と浮かび上がり、中庭で倒れている怪我人たちの上に優しく降り注ぐ。

それはまるで、早すぎた雪のようだった。

「…………」

やがて、四つの魔法陣が跡形もなく消え去った。

それと同時に、リタはどさっとその場に倒れ込む。限界まで魔力を消費したせいか、今までとは違った意味で声が出なかった。

(でも良かった……これできっと、ランスロットは――)

だが突如そこに、エドワードたちに襲いかかっていた狼型の冥獣たちが姿を現した。

リタを狙っているのか、獰猛な両眼を向けて取り囲む。

(嘘……生きてたの……?)

「……っ、炎、の……」

急いで起き上がり呪文を紡ごうとするが、力のある言葉がなかなか出てこない。

朦朧とした状態のリタを前に、冥獣は容赦なく襲いかかってきた。

（まずい――）

だが直後、ギャインッと鳴きながら冥獣が弾き返される。

割り込んできた人物を見て、リタは我が目を疑った。

「ア……アレクシス⁉」

「リタ、大丈夫⁉」

そこに現れたのはいつもオドオドしていたはずのアレクシス。

思わぬ助っ人の登場に感激したリタだったが、同時にごくりと唾を飲み込んだ。

（ど、どうしよう……！　もしかしてさっきの魔法……見られた⁉）

周囲には誰もいないと思っていたのに。

だが問いただそうにも、今はそんなことをしている余裕がない。

その間にもアレクシスはリタを庇うように立ちはだかると、冥獣たちに剣を向けた。

「ここは僕がなんとかする、だから逃げて」

「で、でも……」

やがて冥獣たちは、唸りながらこちらに襲いかかってきた。

アレクシスは「ひゃあ⁉」と情けない悲鳴を上げながら、一匹ずつ確実に仕留めていく。

しかし――。

（……？）

剣に貫かれ、次々と砂化していく冥獣たち。

だがどういうわけか、いっこうにその数が減らない。

（どうして――）

アレクシスもその違和感に気づいたのか、焦った様子で口を開いた。

「これ……もしかしたら、誰かがすぐ近くで生み出しているのかも」

「生み出している？」

「おかしいと思ったんだ。ここは『騎士』と『魔女』のための学園。そんな場所になんの障害もなく入ってこれるなんて……」

（そういえば……）

優秀な騎士と魔女を多く輩出する王立学園。

当然セキュリティに関しても、他より厳重な警備体制が取られているはずだ。

しかし実際には、あれだけの数の冥獣が侵入してきたのをむざむざ見過ごし、実習棟や中庭の破壊を許してしまった。

（視覚遮断魔法を使った？　ううん、あれは相当高度な魔法だから、冥獣に扱えるとは思えない……。それに確か、前にもこんなことが――）

ランスロットと王都に出かけた日。

あの日も突然上空に、あの巨大な冥獣が出現した。王都の警備をしているであろう、見張りの目をかいくぐって――。

（冥獣はどこかからやってくるんじゃなくて……誰かが作り出している？）

冥獣たちは何者かによって生み出され、使役される。

そう考えると、早くに避難したエドワードが集中的に狙われていたのも説明がついた。

これが冥獣を利用した、王族への計画的な犯行だとすると――。

「――犯人は、この学園の関係者？」

「それは、分からない、けどっ！」

途切れ途切れに発しながら、アレクシスが二匹の冥獣を屠《ほふ》る。

剣を持ち直し、「はあっ」と大きく息を吐き出した。

「もしそうだとしたら、そいつを潰さない限り、こいつらは一生湧いて出る――それどころか、またさっきみたいな大型も現れるかもしれない」

「でも、犯人なんて……」

言いかけたリタの頭に、ふと過去の映像がめまぐるしく甦る。

冥王を崇拝する宗教。入れ墨。突如暴走したローラ。大量の問題集。花柄の包み紙。精霊との相性。炎。冷気。使い魔。合同授業――。

（……そういえば……あの人はあの時、どうして……）

まだ確証はない。

だがリタはアレクシスに向かって叫んだ。

「ごめんアレクシス、ここ、お願いしていい？」

「リタ？」

「元凶を止めないと――」

言い終えるより早く、リタは校舎の方に走り出す。

背中でそれを察したアレクシスは、静かに片方の口角を上げた。

◇

一人になったアレクシスは、その場で「ふう」と肩を落とした。

「……良かった。やっと君に、頼ってもらえる男になれたね」

目の前には十を超える冥獣。

だがアレクシスの目から見れば、そのどれもが陳腐な『模造品』だった。

「でも、いなくなってくれて良かった。僕の正体を知ったらきっと、君は僕のこと、嫌いになっちゃうだろうから……」

そう言うとアレクシスは、かけていた眼鏡をそっと外した。

折りたたんで制服の胸ポケットに入れたあと、両手の指先を額の生え際に添える。

そのまま長い前髪を、ぐぐっと後ろに撫でつけた。

「それにしても、人間っていうのはずいぶん脆くできているんだなあ。……この体も」

気がついた時には赤ん坊の体だった。

教会を訪れた祖父に拾われ、人としての生活や約束ごとを学んだ。

「しかしまさか、こんなところで再会できるとは思わなかったよ。うーん、でも成績最下位っていうのは印象良くなかったかな……」

祖父の友人に勧められ、この学園の入学試験を受けた。

だが結果は最下位。すべて反則負け。

理由は――『対戦者の命を狙ったため』。

「嫌でも見えちゃうんだよなあ、急所。おじいちゃんがくれた眼鏡をかけたら、少しは見づらくなったけど……。入学式もまだのうちから退学になったらシャレにならないから、あの時リタがいてくれて本当に助かったよ」

くっきりと鮮明な視界の先に、冥獣たちの核がはっきりと見える。

だがあれは心臓ではない。

（やはり誰かが、冥府の力を貸し与えているな……。出しゃばってくるとすれば公爵殿か、宰相あたりも怪しいが……。いずれにせよ、王の無き間に玉座を奪い取ろうなんて、やることが小さいんだよなあ……）

はあーっとため息をついたあと、アレクシスは持っていた剣をくるんと回す。普段とは違う構えを取ると、にやっと冥獣たちに微笑みかけた。

「ほら、おいでよ。今はテストじゃないから、好きなだけ相手をしてあげる」

飛びかかってくる冥獣たちを、いとも簡単に斬り捨てる。

その動きはこれまでアレクシスが見せたことのない、冷酷で無駄のないものだった。

ひるんだ敵が距離を取り始めたのを見て、「ははっ」と嗤笑《ししょう》する。

「そもそも、戦いにルールがあることが間違っているんだよね。命を奪うか、奪われるか……本当の戦いってそういうものだと思わない？　ねえ――ヴィクトリア」

一目見てすぐに分かった。

三百八十年前、自分に立ち向かってきた唯一の女性。

どんなに傷ついても仲間を、勇者を守り続けた。

あの時受けた圧倒的な魔法の数々が、生まれ変わった今でも目に焼きついて離れない。

「ああでも――今回も素晴らしかった。まさか、時をさかのぼれるだなんて」

ぞくぞくっと感動で全身が震える。

アレクシスは剣を肩に乗せ、揃えた指先をくいっと手前に傾けた。

「ほら来いよ。……本当の王が誰か、教えてやる」

あらわになった絶世の美貌で、アレクシスが妖艶に笑う。

その全身からは、冥獣たちを遥かに凌駕する量のどす黒い靄が、まるでオーラのようにゆらゆらと立ち上っていた。

◇

アレクシスが冥獣たちを引きつけている時。

リタは一人、回廊をひた走っていた。

（もし、私の推理が正しければ……）

やがて図書館に到着し、リタはそのまま建物の中に入る。

窓から壁際の階段を伝い、屋根の上へ。眼下には、すっかり元通りになった中庭の全景が広がっていた。

そして前方に、黒いローブを風になびかせた一人の女性――。

（……いた……）

リタはおそるおそる、その人物の名前を呼びかける。

「どうしてこんなところにいるんですか？　――アニス先生」

「……あら、リタちゃん」

振り返ったのは魔女科一年、副担任のアニスだった。

彼女は立てた人差し指を口元に当て、「うーん」と可愛らしく眉根を寄せる。

「冥獣退治に行けって言われてたんだけど……やっぱり怖くって。だからこっそりここに逃げてたの。お願い、他の先生には秘密にしてくれない？」

「……違いますよね。ここは学園内でいちばん高い建物。そして――今まで起きたすべてが見渡せる位置にある」

アニスの反応を見逃さないよう注視しながら、慎重に言葉を発する。

だがそんなリタに対し、彼女は相変わらず穏やかな笑みを浮かべたままだ。

「あなたが……冥獣に学園を襲わせたんですか」

「やだあ、いきなり何を言い出すの？」

「飴、です」

その言葉に、アニスの目からふっと光が消えた。

「私は入学直前、あなたから飴を貰いました。ただ王都に行った際、どこかに落としてしまったんです」

「まあ、ひどい。せっかくのプレゼントだったのに」

「その直後、王都に冥獣が出没しました。周辺に見張りがいるにもかかわらず、いきなり」

「大変だったわね。でもそれと飴に、いったいなんの関係があるのかしら？」

「……もう一つ。あなたはローラにも同じ飴を渡していた。おそらく私と同様、つらいことがあったら食べるようにと言い添えて」

手慰みにか、アニスは自身の髪の端をくるくると指に巻きつけている。

反論がないことを確認しつつ、リタはなおも追及を続けた。

「パートナーからの日常的な暴力に限界を感じていたローラは、あなたからの言葉を思い出し、その飴を食べた。そのあと能力を暴走させ、パートナーへ逆襲したんです」

「ちょっとぉ、まさかそれが飴のせいだって言うの？」

「あの時ローラの体から、冥獣が発しているのと同じ黒い靄が立ち上っていました。これは私の仮説ですが――ローラはあの時、『冥獣化』させられかけていたのではないでしょうか？」

リタの推理を聞き、アニスは「ふふっ」と微笑んだ。

「偶然でしょ？　大体、冥獣化なんて聞いたこともないわ」

「じゃあ証拠として、あの飴を見せていただけませんか」

「もうなくなっちゃったわよ」

（そりゃ当然、応じるわけないわよね……）

リタは短く息を吐き出し、もう一つの解法を辿り始めた。

「では質問を変えます。先生は以前、授業でローブに火が燃え移った時、頑なに脱ごうとしませんでしたよね？」

「そんなことあったかしら」

「精霊との相性を確認した、初期の授業です。あの時ローラが過集中してしまい、炎の精霊が暴走したのを私はよく覚えています」

『レインガーテの証』を使用した儀式。

ローラが生じさせた火は最前列の生徒の他、教師二人にも及んだ。

「あの時イザベラ先生はとっさに『全員、急いでローブを脱いで！』と命じました。その指示に従い、生徒たちはすぐにローブを脱いだ。でもアニス先生だけはローブをはたくばかりで、決して外そうとはしなかった」

「そんなの、別に普通でしょ？」

「あなたも魔女であるなら、炎の精霊の恐ろしさはご存じのはずです。万一着衣のまま火傷を負えば、大変な大怪我になるのも予測できたはず。でもあなたは脱がなかった――正確には『脱げなかった』のではありませんか？」

静かに言い終え、リタはじっとアニスを見る。

アニスはにいっと口角を上げると、その大きな目を弓なりに細めた。

「そんな小さなこと、よく覚えていたわね」

そう言うとアニスは、肩から羽織っていたローブをはらりと落とす。

下から現れたのは両腕を露出した黒いドレス――その肌には、かつて王都で見た『冥王教』の信者たちと同じ入れ墨が、びっしりと隙間なく彫り込まれていた。

その妖艶な立ち姿は、とても一介の若い教師とは思えない。

「……っ！」

「さすがに生徒たちに、こんなの見せるわけにはいかないじゃない？」

「冥獣は冥王復活の前兆――アニス先生、まさかあなたが冥王なのですか？　三百八十年前に滅ぼされたはずの」

「………」

「その力を使って、動物や人間を冥獣――自らの配下に変えていた。そして今回、第二王子が視察に訪れた機会を狙って――」

だが言い終えるより早く、リタの全身に黒い帯のようなものがまとわりつき、あっという間に縛り上げた。有機物のようにも見えるが、何でできているのか皆目見当もつかない。

だが間違いなく――魔法で生み出されたものではなかった。

「……っ⁉」

「ちょっと誤解しているわね。私が冥王様だなんて恐れ多すぎるわ」

「……どう、いう……」

「私は、そのお力を貸していただいているにすぎない。冥王様は来たるべき復活の日に備えて、今はまだ眠っておられる。私たち冥王教の人間は、こちらの世界で快適に過ごしていただけるよう歓迎の場を整えているだけなのよ」

(復活の……日?)

リタは懸命にもがいて逃れようとするが、動けば動くだけ体に食い込んでくる。やがて両足がゆっくりと屋根から離れた。

リタを宙吊りにした状態で、アニスが小さく首を傾げる。

「ねえ、一つ聞きたいんだけど、さっき中庭でびっくりするような魔法を使ったのはあなた?」

「……っ」

「成績ビリの落ちこぼれだと思ってたのに、嘘ついてたんだ？　ふぅーん……」

アニスは歩み寄ると、縛り上げられているリタのローブから杖を抜き取った。

しばらく確認していたが、やがて「ふふっ」と破顔する。

「良い杖ね。馬鹿みたいに高そうだわ。一年生どころか、そこらの魔女が持っていい代物じゃないのに――お金持ちのパートナーがいると楽でいいわね」

「……返、し……」

「いやあよ」

バキッという音とともに、杖を真っ二つに折られる。

それを目にした瞬間、リタの視界は暗闇に閉ざされたような気がした。

（ランスロットがくれた……杖……）

深い絶望に落とされたリタをよそに、アニスはバラバラになった杖の上下をこともなげに地表へと放り投げた。その横顔には心なしか怒りが宿っている。

「騎士様に守られて、魔法の才能に恵まれて……いいわよね、選ばれた人たちは」

「……なに、が……」

なおも苦しむリタを前に、アニスはふと感情のない瞳を向ける。

「私は誰からも、何からも選ばれなかった。親からも見捨てられて、生きていくのもやっとだった。だから今度は――私が選ぶ側になったのよ」

（……？）

すぐに恍惚とした表情を浮かべると、アニスはうっとりと口にした。

「冥王様のお力があれば、魔力がなくても自由に魔法が使える。そのうえほら、こぉんな力だって――」

「……っ！　がっ……！」

ミシミシミシ、とリタの全身を取り巻く黒いものがいっそう強く締まった。

肋骨と背骨、そして肺が全力で悲鳴を上げている。

「ああ、そうそう。もう一つだけ訂正しておくわ。あなたたちにあげた飴は、単に冥獣化を促すものじゃないの」

「……っ……？」

「あれはね、選抜の儀式だったのよ。この世界で誰にも選ばれなかった、かわいそうな人間を見つけ出して最後の希望を与えてあげる。……あなたならきっと、私たちの仲間になってくれると思ったのだけれど」

（儀式……？　仲間……？）

真意を尋ねようにもろくに口が開けず、酸欠と激痛でリタの意識は混濁していく。

やがて近づいてきたアニスが、優しくリタの頬に触れた。

「まあでも安心して。すぐに冥王様のお膝元に送ってあげるから」

「………………」

「ただその前に、あなたの正体を調べないとね。下手をしたら『三賢人』クラス、いえ……もしかしたらあの伝説の魔女、ヴィクトリアという可能性も――」

鋭く尖ったアニスの黒い爪が、リタの皮膚にぷつりと食い込む。

一条の赤い線が引かれ、溢れた血が真下につうっと垂れた。

「……っ」

「これは変身魔法？　こんなになっても解けないなんて、本当に見事だわ。でもこうして顔の皮を剝いでいけば、さすがのあなたも限界が来るんじゃない？」

「やめっ……」

「さあ、早くあなたの素顔を見せて――」

（もう、だめ――）

だが次の瞬間、二人の間に一陣の風がぶわっと吹き上げた。

驚いたアニスは後ろに跳躍し、すぐに体勢を立て直す。直後、リタの足元でぶつんと何かが掻き切られるような音がした。

「――っ⁉」

縛りつけていた黒いものがバラバラッと落ち、リタの体も一緒に落下する。しかし屋根に叩きつけられることはなく、たくましい両腕の中にぼすんと収まった。

慌てて顔を上げると、ランスロットの姿が目に飛び込んでくる。

「大丈夫か⁉」

「ランスロット⁉　どうしてここに……」

「！　良かった……声、出るようになったんだな」

心なしか潤んだ青い瞳が、優しくリタを見つめる。

間近でそれを目にしたリタもまた、喜びと感激が一気に胸に込み上げた。

一方、突如現れた闖入者《ちんにゅうしゃ》にアニスが苛立ちをあらわにする。

「ちょっと、邪魔しないでよ」

それを聞いたランスロットは、リタを抱き上げたままアニスを睨みつけた。

先ほどまでとは対照的な、凍てつくような眼差しで冷たく吐き捨てる。

「お前は魔女科の……。その入れ墨、冥王教の手の者だな」

「そうよ。可愛らしい騎士候補さん？」

アニスが片腕を動かすと、彼女の足元にあった影から何体もの使い魔が出現した。授業で見たものより遥かに大きな狼型で、どれも獰猛に牙を剝いている。

ランスロットはリタを下ろすと、そのまま自身の背後に庇い立てた。

「ランスロット!?」

「心配するな、俺の後ろにいろ」

次々と襲いかかってくる使い魔たちを、ランスロットが鮮やかに斬り払う。しかし数がいっこうに減らず、二人の立ち位置が少しずつ押されていった。

遠くから眺めていたアニスが、ひょいと自身の杖を取り出す。

「でも、二人相手はさすがにちょっと面倒ね。王子様誘拐にも失敗しちゃったし、もうこの学園に用はないかなー」

「おい！　逃げるな！」

「うふふ、我らの冥王様に栄えあれ――」

アニスは杖に腰かけ、黒い靄とともにふわりと浮き上がる。

それを見たリタはまずいと唇を噛みしめた。

(このままだと逃げられる！　でもあの高さまで飛ぶほどの力は――)

あれから時間が経って多少回復したとはいえ、今の魔力では初心者向けの小さな魔法を発動させるのが精いっぱいだ。増幅させようにも杖がない。

(それにこの使い魔たちも放置できないし、いったいどうしたら……)

その瞬間、リタの脳裏にある記憶が甦った。

「ランスロット、あれをやろう！」

「は!?」

いきなりの指示にランスロットが困惑するも、リタは構わず詠唱を始める。

「土の精霊よ、彼の者の周りを覆い尽くせ！」

「！」

屋根の一部が変化して、ランスロットの周りに土壁がそびえ立つ。

使い魔もろとも閉じ込められる形となり、それを見たアニスは上空から無邪気に笑った。

「あらあら、大丈夫？　敵を封じ込めたのはいいけど、大切なパートナーも中に取り残されちゃってるわよ？」

「いえ――これでいいんです」

リタがにやっと口角を上げる。

それとほぼ同時に――完全に閉じられていなかった土壁の上部から、ランスロットが勢いよく空に向かって飛び出してきた。内側の壁を蹴り上ってきたのだろう。

以前の合同授業の時にも見せた、ランスロットの身体能力なしでは不可能な荒技だ。

「逃がすかっ!!」

「――!?」

予期せぬ奇襲に、アニスはすぐさま反撃しようとする。だがそれより早く、ランスロットが彼女の乗っていた杖を摑んだ。二人分の体重に耐え切れず、杖はあっけなく浮力を失う。

それを見たリタは、胸元で拳を握りしめた。

(よし、これで――)

しかし飛んでいた位置が悪く――二人は屋根の上ではなく、その遥か下に落下していく。

やがて二人はすさまじい音を立てて、真下にある地上へと激突した。

「ランスロット!?」

大急ぎで落下地点へと向かう。めくれ上がった土塊と芝生がそこら中に散乱しており、相当の衝撃であることがはっきりと見て取れた。

ようやく発見したものの、ランスロットはアニスの下敷きになる形で倒れ込んでいる。

「ランスロット！　ランスロット……!!」

ぴくりとも動かない彼を前に、リタは何度もその腕を揺さぶる。

するとその直後、ぐったりしていたアニスの体がどさっと横向きに転がった。

「――‼」

また攻撃される、とリタはすぐさま身構える。

だが完全に気を失っているのかアニスが目覚めることはなく、しばらくしてランスロットが弱々しく呻いた。

「っ……てぇー……」

「ランスロット……？」

おそるおそる彼の顔を覗き込む。

ランスロットは仰向けのまま、苦々しい顔つきで眉根を寄せていた。

「い、生きてる……」

「当たり前だ。接地の瞬間、剣を地面に突き刺して、衝撃を軽減させたのが効果あったな」

「は……？」

その言葉通り、ぐにゃりと大きく歪曲した長剣が二人のすぐ傍に突き刺さっていた。

落下の途中で逆手に持ち替え、支え代わりに使ったようだが――。

（身体能力、ほんとどうなってんの……）

リタは呆れつつも、複雑な泣き笑いの表情を浮かべたのだった。

◇

しばらくして、騒ぎを聞きつけた教師たちが駆けつけてきた。

先頭にいたイザベラは、満身創痍《そうい》のリタとランスロット、そして冥王教の入れ墨が入ったアニスの姿を見て絶句している。

「あなたたち、いったい何を——」

「イザベラ先生、実は……」

事情を説明し、アニスをこの騒動の犯人として引き渡す。

だがいまだ混乱のただなかにあるのか、イザベラは「はあ」とため息を漏らした。

「あなた方には後日詳しい話を伺います。今はとりあえず、医療担当のもとに行って、適切な治療を受けてください」

慌ただしく立ち去ったイザベラを見送ると、リタはランスロットとともに歩き出した。彼を支えるように肩を貸し、一歩ずつゆっくりと踏みしめる。

やがてランスロットがぽつりとつぶやいた。

「そういえば、ありがとな」

「えっ？」

「お前が俺を助けてくれたって。アレクシスから聞いた」

「あ、う、うん……」

（アレクシス、結局いったいどこまで見ていたのかしら……）

ドキドキしつつ、リタもまたランスロットに問い返す。

「ランスロットこそ、どうして私が屋根の上にいたって分かったの？」

「避難していたところに、上から真っ二つになったお前の杖が落ちてきたんだ。それで」

「うわああ、ごっ、ごめん！　その、せっかく買ってくれたのに……」

「お前が無事なら、それでいい」

さらりと口にし、ランスロットが小さく笑う。

その横顔には、心からの安堵が滲んでいた。

「それから殿下も無事だったらしい。お前にずいぶんと感謝していたそうだぞ」

「えっ……でも私、何もしてないのに」

「先陣切って突っ込んでいった奴が謙遜するな。しかし、どうしてお前はそう無茶ばかりするのか……」

「す、すみません……」

そこで会話が途切れ、二人は黙々と歩き続ける。

まもなく裏門に到着するという頃になって、ランスロットが「その」と発した。

「声、出るようになったんだな」

「あ、うん。なんか気づいたら」

「魔法も」

「うん。みんなが色々助けてくれたおかげだよ」

「そうか。……良かった」

その声があまりに温かくて、優しくて。

嬉しくなったリタはついランスロットの方を向く。

すると彼もまたこちらを見ており、至近距離で目が合ったリタは思わず赤面した。

「ま、いつまでもあのままでいられたら困るしな。どれだけ成績が悪かろうと、お前はこの俺のパートナーなんだから」

「そ、そんなこと言って、本当は『自分のせいで魔法が使えなくなったのかも』なんて責任感じてたんじゃないのー？」

「馬鹿、そんなこと俺が思うわけないだろ」

あたふたと鎌をかけるリタに対し、ランスロットはいつもの態度であっさりと答える。

だがふと真面目な顔つきに戻ると、「リタ」とはっきり名前を呼んだ。

「頑張ったな、お互い」

「ランスロット……」

ランスロットが軽く握った拳を差し出す。

それを見たリタもまた、握った自身の拳を彼の手にごつんとぶつけた。

「うん！」

胸の奥でずっとくすぶっていた、古い、古い炎がようやく消える。

そして再度灯った光に、リタは静かに思いを巡らせた。

（これが私の、本当に最後の人生――）

今度こそ、後悔しないように生きたい。
リタはそう強く心に誓うと、あらためてまっすぐに前を向く。
その瞬間――ぐにゃり、と目の前の世界が歪んだ。
(……あ、れ……?)
「――リタ!?」
全身から力が抜けて、いつの間にか地面に倒れ込んでいる。
耳元でランスロットの声がするが、返事をしようにも唇一つ動かなかった。
「リタ！　おい、リタ!!」
(どうしちゃったの、私……)
ランスロットの力強い腕に、すぐさま抱き上げられる。
一気に走り出す――その心地よい揺れを味わいながら、リタは意識を失った。

第八章　三百八十年越しの告白

パチパチと、二人の間で赤い炎が踊っていた。

夜空には今日も数えきれないほどの星が輝いている。

新しい薪をくべながら、修道士が口を開いた。

「ヴィクトリア、あなたも早く休むといい。見張りはぼくがしておきますから」

「ありがとうシメオン。でもまだ大丈夫よ」

橙色に照らされた彼の顔を見る。

柔らかそうな焦げ茶の髪に、いつも微笑んでいるかのような目元。

胸元に下げられた銀の護符が、彼の足元に小さな光の環をゆらゆらと描いていた。

「それにしても、ずいぶん遠くまで来たわね。冥王までもうすぐかしら」

「はい。噂によると」

「最初はすごく怖かったけど、最近はすっかり慣れちゃった」

「……すみません。なんの関係もないあなたを、こんな危険な場所まで連れてくるなんて……」

「わ、私が行きたいって言ったんだから気にしないで！　ほとんど後方支援だし、それに戦いの時は勇者様が守ってくれるから、安心して魔法も使えるし……」

「……ええ。彼は本当に強い。幼なじみとして、ぼくも誇りに思います」

修道士はわずかに沈黙し、ふっとヴィクトリアに笑いかけた。

「それにしても、どうしてついてきてくださる気になったんですか？」

「えっ？」

「だって最初は、あんなに嫌がっていたじゃないですか。もちろんぼくたちがしつこくお願いしたのは悪かったなーと思いますけど、あなたにはぼくたちのように冥王を憎む理由も、倒したい理由もなかったはずです」

「そ、それは、その……」

ヴィクトリアが言い淀んでいると、修道士がにやっと笑う。

「もしかして勇者――ディミトリのこと、好きなんですか？」

「はっ!?　えっ、なっ!?　なんで、そのこと……」

「おや、図星だったようですね」

「ぎゃー!!」

先に寝ている勇者を起こさないよう、ヴィクトリアは小さく悲鳴を上げる。

それを見た修道士は、こそこそっと顔をこちらに近づけた。

「すみません、まさか当たってしまうとは」

「も、もしかして、ディミトリにもバレて……？」

「いえ、あいつは大丈夫でしょう。そういったことにはびっくりするほど鈍感ですから」

「よ、良かったあ……」

修道士に太鼓判を押され、ヴィクトリアはほっと胸を撫で下ろす。

安心すると同時にふと興味が湧いてきて、ひそひそと修道士に問い返した。

「あ、あの、幼なじみとして聞きたいんだけど」

「はい？」

「どう……思う？　ディミトリ、私のこと選んでくれる可能性、あるかしら……」

「………」

ヴィクトリアの真剣な質問を前に、修道士はうーんと眉をひそめた。

「すみません、分からないです」

「それはやっぱり、私に魅力がないと……」

「あっ、そ、そういうことではなくてですね⁉　ええと、あいつとぼくは違う人間で、あいつが誰を好きになるかまでは判断できないというだけで、ただ――」

早口でまくし立てたあと、修道士は「こほん」と言葉を切る。

「……もし、ぼくなら、ずっと一緒にいた相手を選びます」

「ずっと、一緒に……」

「だから自信を持ってください。あなたは優しくて、とても素敵な女性です」

「………」

修道士はヴィクトリアを見つめ、穏やかに目を細めた。

その顔がいつもより赤くなっていたのは、焚火のせいだろうか。

「さ、そろそろ寝てください。明日も早いんですから」

「う、うん……」

なんとなく気恥ずかしくなったヴィクトリアは、そそくさと立ち上がる。

だがテントに向かう途中、くるりと修道士の方を振り返った。

「あの」

「？　どうしました」

「どうして……私がディミトリのこと好きって、分かったの？」

修道士は目をしばたたかせると、そのまま静かに微笑んだ。

「顔を見れば分かりますよ」

「そ、そうなんだ……」

羞恥の限界を迎えたヴィクトリアは、逃げるようにその場をあとにした。

◇

一人になった修道士は、薪を追加しながらぼんやりとつぶやく。

「……ぼくも、戦える人間なら良かったな……」

幼なじみのディミトリのように。
そうしたら彼女を守ることもできたのに。
もしも、もう一度人生をやり直せるのなら、その時は――。
「なんて……まずは冥王を倒すのが先だよな」
胸元で揺れる護符を、片手でぎゅっと握りしめる。
あの日勇者と誓った。
故郷を滅ぼした冥王をいつか必ず倒そうと。
(それなのに、こんな……邪《よこしま》な気持ちに、振り回されているなんて……)
いつからだろう。
勇者を見つめる彼女《ヴィクトリア》の瞳が、とても輝いて見えた。
それに気づいた時、自分のこの気持ちを永遠に封印しようと決めたのだ。
(ぼくは選ばれなくていい。それで二人が、幸せになるのなら――)
先ほどの彼女の問いを思い出す。
どうして、自分が勇者のことを好きだと分かったのかと。
「そんなの……見れば分かるでしょ……」
きっと自分も同じ眼差しで、あなたを見つめているのだから。
などとは口が裂けても言えず――。
修道士はようやく火が回った薪を、そっと焚火の奥に押しやるのだった。

◇

目覚めたリタは、仰向けのまま何度もぱちぱちと瞬いた。
(……?)
立派な房飾りが下がる豪奢な天蓋。
ゆっくりと体を起こす。
横たわっていたのは、見覚えのないベッドの上だ。
「ここは……」
白と青で統一された貴賓室。
バルコニー付きの大きな窓からは、穏やかな陽光が差し込んでいる。
高そうな家具たちを順番に眺めていると、やがて一枚の巨大な肖像画へと辿り着いた。
「ど、どうして私が……」
そこに飾られていたのはヴィクトリアの肖像画。
ただしこれまで見てきたものとは違い、当時の容姿にかなり近い。
癖のない長い黒髪。青い瞳。顔立ちまでそっくりだ。
(まるで、本当に私を知っている人が描いたみたいな……)
すると突然、部屋の奥にあった扉がカチャリと開いた。

現れたのはランスロットで、リタが起きているのに気づき目を見開く。

「良かった。気がついたか」

「ランスロット、ここはいったい……」

「俺の家だ。学園はまだ後処理で混乱していたから、急遽こちらに運んでもらった」

（そっか私、あのあと気絶して……）

ランスロットと学園を救うため、ありえない規模の魔法を連発した。

アニスとの戦いもあり、体に限界が来てしまったのだろう。

「極度の疲労とのことだ。念のため、あとで検査をしておこう」

「あ、ありがとう……。と、ところであの絵なんだけど」

「絵？」

リタが指さした方を見て、ランスロットが「ああ」と顔をほころばせる。

「素晴らしいだろう？　我が家秘蔵のヴィクトリア様の肖像画だ」

「秘蔵……」

「バートレット公爵家を興した始祖様が描かれたという、大変貴重なものでな。世間一般に知られているヴィクトリア様のお姿とはかなり異なるが、俺としてはこのヴィクトリア様が本来の風貌にもっとも近いと確信して――」

「ちょ、ちょっと待って？　バートレット公爵家の始祖様って……」

「なんだ、知らないのか。あの冥王を倒した勇者・ディミトリとヴィクトリア様、それに同行していたと言われる修道士・シメオン様が爵位を得て、バートレット公爵になったんだ」

(シ、シメオンが……⁉)

愕然とするリタをよそに、ランスロットは得意げに話を続ける。

「始祖様は実に清廉な御方でな。親を失った子どもたちを養育するための救貧院を、各地にいくつも作られた。その後そこから養子を取り、バートレット公爵家の礎を築いてきたわけだが……当のご自身は最後まで結婚なさらなかったそうだ」

「結婚……しなかった？」

「ああ。なんでも、ともに旅をしたヴィクトリア様を深く愛しておられたらしい」

「――っ⁉」

衝撃的な告白に、リタは唇をわななかせる。

「なっ⁉　えっ⁉　あ、愛っ⁉」

「そうだ。元々神に仕える身分であったこともあり、愛する女性は生涯ヴィクトリア様ただお一人だと心に誓っていたそうだ。ただ思いを伝えるような気は毛頭なく、後世にわたって永らく彼女を支えることができればと」

「は、はあ……」

「それゆえ我がバートレット公爵家の人間は、生まれてすぐにヴィクトリア様のことを尊ぶよう徹底的に教え込まれる。偉業を讃え、その寛大な御心に感謝し、有事の時には身を挺してでも彼女を守り抜くよう教育されるんだ。まあ俺はそんなものがなくとも、自我が芽生えると同時にヴィクト

リア様をお慕いしていたという自負があるが――」

(い、いや――!?)

予期せぬ真実に、リタは思わず両頬を手で押さえた。

(シ、シメオンが？　私のことを、す、好きで!?　だから結婚しなくて？　生涯私のことを思っていて、次の世代の子どもたちにもそのことを……。で、でも、あの頃そんな感じなんて全然してな――)

そこでふと、先ほどの夢を思い出した。

冥王退治の旅の途中。

焚火に照らされた彼から言われた、温かい言葉。

『……もし、ぼくなら、ずっと一緒にいた相手を選びます』

『だから自信を持ってください。あなたは優しくて、とても素敵な女性です』

(もしかして、あれって……)

真っ赤になったリタは、耐え切れなくなり毛布を頭から被る。

こうしてリタ――ヴィクトリアは、三百八十年越しの告白をようやく受け取ったのだった。

◇

数日後。公爵家での療養を終えたリタは、久しぶりに学園に戻った。

正門を越えたところで、早速ローラとアレクシスが出迎えてくれる。

ローラは腕を広げ、軽々とリタを抱き上げた。

「リターっ！　無事で本当に良かったですー!!」

「ローラ……ちょっと苦しい、かも……」

「あああっ!?　すみませんっ!!」

リタの苦しげな声を聞き、ローラは慌てて抱擁を解く。

大きな目を潤ませながら、しみじみと頷いた。

「でも本当に良かったです……。いつの間にかいなくなっちゃったから、すっごく心配していたんですよ」

「ごめんなさい。中庭の様子が気になって……」

とそこで、向かいにいたアレクシスにちらりと目を向ける。

彼は眼鏡越しに微笑むと、いつものように穏やかに口を開いた。

「おかえり、リタ」

「ア、アレクシス……」

リタはすぐさま彼の腕を摑むと、ローラからささっと距離を取った。

「ちょっと、確認しておきたいんだけど」

「うん。何？」

「あ、あの時その……ど、どこまで見た？」

「どこまでって？」

「ほら、冥獣が学園を襲ってきた時に、その、私が中庭で……」

もじもじと指をこね回すリタを前に、アレクシスは「ああ」と眉を上げた。

「安心して。ランスロットには適当にごまかしておいたから」

「ご、ごまかしてって……」

「他の人にも絶対言わない。二人だけの秘密」

意味ありげな回答に、リタはさあーっと青ざめる。

「も、もしかして、全部見てたの……？」

「さあ、どうだろう」

「ア、アレクシス～!!」

彼の胸倉を掴み、ぐらぐらと激しく揺すぶる。

アレクシスは「あはは」と軽く笑いながら、ずれた眼鏡を手で外した。

「ごめんごめん。でもこれくらいはハンデを貰わないとね」

「ハンデ!?」

「だって、僕はまだ君の正式なパートナーになれてないからさ」

「えっ？」

そう言うとアレクシスは顔をぐっとリタに寄せ、普段とは違う蠱惑的な笑みを浮かべた。

眼鏡がないだけなのにまるで別人のようだ。

「再選考、楽しみだな」

「ア、アレクシス……？」

するとタイミングよく、授業の始まりを予告する鐘の音が聞こえてきた。

「リタ、そろそろ教室に行かないと」

「あ、うん！」

「今日は学期末の筆記試験だっけ。頑張ってね」

いつの間にか眼鏡をかけていたアレクシスに見送られ、リタはローラのもとに戻る。

二人で教室に向かう途中、ふと気になってローラに尋ねてみた。

「アレクシスってさ、あの事件のあと、怪我とかしてなかった？」

「え？　特にそんな覚えはないけど……。次の日もいつもと変わらない感じだったし」

（あの数の冥獣相手に、無傷だったってこと？）

自分が場を任せてしまったとはいえ、おそらくかなり大変な状況だったはずだ。

それなのに平然と。まるで何ごともなかったかのように。

（アレクシスって……実は、すっごく強い？）

こっそりと背後を振り返る。

アレクシスはさっきと同じ位置に立ったまま、ひらひらと手を振っていた。

◇

教室に入ると、中にいた生徒たちが一斉にリタたちの方を見た。

二人はさして気にすることなく、さっさと近くの席に座る。

すると取り巻きに囲まれていたリーディアが立ち上がり、リタとローラの前に歩み出た。

「お久しぶりね、リタさん。なんだか大変だったそうじゃありませんの」

「ええ、まあ……」

「わたくしもあの時は、どうなることかと思いましたが……。やはり我が校の教師陣は優秀だったようですわね」

（やっぱり、秘密にされているんだ……）

生徒たちをむやみに混乱させ、不安がらせないように――アニスが犯人だったことは秘匿されるらしい、とランスロットから事前に聞かされていた。

そのためリタも、それに関することは口外しないよう固く緘口令《かんこうれい》を敷かれている。

（アニス先生……大丈夫なのかしら）

ランスロットいわく、アニスは牢獄に捕らえられたあとも、しばらくは平然とした様子で過ごしていたらしい。だがその日の夜、突然頭を押さえて苦しみ出したかと思うと――翌日、これまでの記憶をあらかた失ってしまっていたという。

歳で言うと十代前半くらいにまで退行しており、冥王教に入信した理由や冥獣を生み出していた手段なども一切覚えていなかったそうだ。

最初のうちは罪から逃れるための虚言だとされ、多くの専門家たちが彼女の精神状態を分析し、尋問を繰り返した。しかしやはり「本当にすべてを忘れている」としか思えない状態がいくつも散見され——彼女は今も自らの罪が分からないまま、拘留され続けているという。

(急にすべてを忘れるなんて……。まるで冥王の加護を失ったみたい……)

あの時『あなたなら、私たちの仲間になってくれると思った』とアニスは言っていた。

おそらくだが——リタとローラにだけあの飴を渡したのは、彼女なりの『救済』だったのかもしれない。それに——。

(冥王は、復活に向けて眠っていると言っていた。もしそれが本当なら——私はそれを絶対に阻止しないといけない)

勇者と修道士がもたらした、この平和な世界。

二人がいなくなった今、それを守れるのは自分だけなのだ。

(この時代に来られたのは、ある意味、運命だったのかもね……)

再びこの世界に降臨しようとする冥王を、今度こそ完全に倒す——それは三百八十年の月日を越えて目覚めた、ヴィクトリアに与えられた最後の使命のように思えた。

(とはいえアニス先生が記憶を失ってくれたおかげで、助かった部分もあるわけで……)

複雑な心境のまま、リタはわずかに眉尻を下げる。

実は騒動のあと、学園は「いったい誰が冥獣を倒したのか」でパニックになった。

というのも、裏門で生徒たちを保護していた教師たちは状況を一切見ておらず、戦いに赴いていた騎士科教師と攻撃魔法系の魔女たちは、その戦闘前後の記憶だけぽっかりと欠落しているという異常事態に陥っていたためだ。

(まさか、こんな大変なことになってしまうとは……)

原因は当然、リタが使った『時の精霊』の魔法である。

だがそんな稀有な魔法を認知している者などいるはずもなく、中庭にいた一同は「冥獣に襲われたはずが、気づくと何もいなくなり、すべて元通りになっていた」という狐につままれたような状態になってしまったのだ。

その話を聞いたリタは「自分がやりました」と正直に告白――するはずがなく。

『ランスロットが心配で中庭に戻ろうとしたら、途中で偶然、アニスの犯行現場を目撃した。口封じに襲われかけたところを、逆に彼に助けてもらった』

――という嘘の証言をしてことなきを得たのであった。

そのため誰が冥獣を倒したかについては、いまだ大きな謎のままとなっている。

(だって正体がバレたら、せっかくの学園生活が終わっちゃいそうだし……。アレクシスがどこまで見ていたのかは気になるけど……)

そんなことを考えているとは露知らず、リーディアは「ふんっ」と長い髪を払った。

「何はともあれ、無事で良かったですわ。ところで――」

「？」

「わ、わたくし、あなたたちに言わなければならないことが……」

ぽかんとする二人の前で、顔を真っ赤にしたリーディアがようやく口を開いた。

「あ、あの時、助けてくださって、ありがとうございました……」

「リーディア……」

「で、でも！　勘違いしないでくださいませ⁉　わたくしはまだ、あなたをランスロット様のパートナーだと認めたわけではありませんから‼　今回のテストでもあなたに大きく差をつけて、後期の『再選考』では必ずやランスロット様に選んでいただけるよう――」

するとそこにテスト用紙を手にしたイザベラが現れた。

「静粛に。全員、試験用の席配置に着きなさい」

全員慌ただしく自分の席に着く。

教壇に上がったイザベラが、いつものように眼鏡を押し上げた。

「それでは、学期末の筆記試験を開始します。このテストと、先日行われた実技テストの合計点が後期に向けての新しい成績となりますので、心して取り組むように」

緊張する生徒たちの前に、イザベラは問題用紙を伏せたまま配布する。

やがてリタの前を訪れると淡々と告げた。

「リタ・カルヴァン。今日から復学したのでしたね」

「は、はい！」

「病み上がりですから、あまり無理はしないように。それから実技テストがまだでしたね。後日、パートナーの騎士候補とともに追試を受けてください」

「は、はい……」

一気に日常が戻ってきた気がして、リタは「ひぃん」と情けなく眉尻を下げる。

それを見たイザベラが、珍しくわずかに微笑んだ。

「ですが……無事で良かった」

「えっ？」

「怖かったでしょうに、よく頑張りましたね」

（イザベラ先生……）

アニスとの戦いの直後、血相変えて走ってきたイザベラの顔を思い出す。

リタもまた小さく微笑むと「ありがとうございます」と返した。

「ですが試験は公正に行いますので」

「はーい……」

目の前に分厚い問題用紙が置かれる。

その時イザベラのローブの裾から、小さな紙がひらりと机上に滑り落ちた。

「あ、先生。何か落とされ——」

すぐに拾い上げて呼び止めようとする。

しかしそこに描かれていたものを見て、リタは我が目を疑った。

(ど、どうして先生が、私の肖像画を……⁉)

もはやおなじみとなった、うねうねした長い髪の恐ろしい姿。

伝説の魔女・ヴィクトリアを描いた肖像画の写しを手に、リタは思わず言葉を失う。

すると神速で戻ってきたイザベラが、目にも留まらぬ速さでそれを奪い取った。

「……見ましたか？」

「い、いえ……」

「そうですか」

心なしかほっとした表情を浮かべ、イザベラは他の生徒のもとに歩いていく。

その背中を見ながら、リタは「えええ」と混乱した。

(まさかイザベラ先生も……『ヴィクトリアマニア』なの……？)

全員に配り終えたところで、イザベラが教壇へと戻る。

リタは予想外の動揺を抱えたまま、「始め」の合図とともにペンを取るのだった。

◇

放課後。

リタは満足げな表情で回廊を歩いていた。

(よし、手ごたえあり！)

入試の時には散々だったテストだが、今回は最新知識にすべて更新済み《アップデート》。術式、魔法理論、素材の名前にも抜かりはない。

（これでついに最下位脱出かも……！）

ふふーんと鼻歌を歌いながら、図書館に続く道を急ぐ。

そこに、中庭の方からランスロットが姿を見せた。

「何のんきに歌ってんだ？」

「あ、ランスロット！　実は今日のテストが割とできて……。この調子なら、ビリじゃなくなるかも！」

「ほう、それは期待しておこう」

そう言うとランスロットは「そうだ、これ」と脇に抱えていた木箱をリタに差し出した。

リボンがかかったそれを受け取り、リタははてと首を傾げる。

「これは？」

「いいから開けてみろ」

言われるままリボンを解き、蓋を押し開ける。

重厚な布に包《くる》まれる形で収められていたのは、リタの新しい杖だった。

「こ、これって……」

「前のやつは壊されただろ？　だから店に行って、同じ素材と装飾で作り直してもらったんだ。少し強度も上げてもらってる」

「わああ……‼」

すぐに取り出し、すべすべとした心地よい手触りを確かめる。

だがリタは即座に「はっ」と目を見張った。

「ご、ごめん！　高かったよね⁉　その、お、お金は……」

動揺するリタを前に、ランスロットが破顔する。

「前にも言ったが、お前が気にする必要はない。どうしても払いたいのなら、卒業後に出世払いでもしてくれ」

「出世払い……」

これはとんでもない借金を抱えてしまったのでは？　とリタは内心身震いする。

そこでふと、ランスロットの剣も新しくなっていることに気づいた。

「ランスロットも新しくしたんだね」

「あの時の衝撃で、完全にダメになってしまったからな。かなり使い込んでいたものだし、買い替えられてちょうど良かった」

「そっか……」

すると目の前にいたランスロットが、突然「こほん」と空咳をした。

「あの時はお互い、大変だったな」

「そ、そうだね」

「しかし先生方に聞いても、どうして冥獣騒ぎが終結したのか誰も覚えていないらしい。あの数の人間が一度に記憶喪失になるなんて、普通にありえないと思わないか？　まあ、かくいう俺も現場にいながら、何も覚えていないという有様だが……」

「ふ、不思議だねー！」

下手にしゃべるとぼろが出そうで、リタは適当に応じる。

しかしランスロットは、その後も独自の推理を展開していた。

「そこで考えてみたんだが、あの数の冥獣を倒しきるには最低でも中隊以上の兵力が必要だ。だが俺が目覚めた時に、そんな大勢の姿はなかった。つまりごく少人数で――おそらく魔法を使用して、大規模討伐が行われたと考えるのが自然だろう」

「へ、へえー」

「戦闘に長けている魔女――『赤の魔女』様であれば可能だろうが、あの時は北部の遠征に出ておられて王都には不在だったという。『三賢人』の他の御二方は戦い向きの魔法ではないし、それ以外で名の知れた魔女となるとかなり絞られてしまう」

「ふ、ふーん……」

ランスロットは顎を手で撫でながら、どんどん核心に迫っていく。

一方リタとしては生きた心地がしない。

「だが例外がいることに俺は気づいた。そう――ヴィクトリア様だ！　ヴィクトリア様は以前もこの場所にお越しになったことがある。つまり何がしかの用事があり、あの時も偶然、学園に居合わせていた可能性が高い」

（ひぃぃ――っ！）

じわじわと真綿で首を絞められているような。

背中に冷や汗をかきながら、リタはそれとなく答えをずらそうとする。

「さ、さすがにそれは、ちょっと都合良すぎないかなー？　そもそもあの時、ヴィクトリア様を見た人がいるわけでもないし……」

「………」

リタの必死の反論に、ランスロットは一瞬「むっ」と口を引き結んだ。

だがすぐにぐっと拳を握りしめる。

「いや……ヴィクトリア様は間違いなくおられたはずだ」

「ど、どうして……」

「なぜなら俺は……あの時、あの方に会った覚えがある」

「ええっ⁉」

（な、なんで⁉　あの間の記憶は、全部魔法で消えたはずじゃ――）

動揺するリタをよそに、ランスロットは頬をうっすら赤らめながら続けた。

「はっきりとした記憶があるわけじゃない。ただ……この体が覚えているんだ」

「か、体……？」

「ヴィクトリア様の細く美しい指先が、間違いなく、俺のこの手に触れた。あのしなやかで慈愛に満ちた優しい手つき――それだけは絶対に、忘れられるはずがない‼」

(こ、怖ーっ!!)

時の精霊の効果範囲外だったのか。

はたまたヴィクトリアへの強すぎる愛がなせる業《わざ》なのか。

理由は分からないが、ランスロットは確信を持ったまま語気を強めた。

「つまりあの時、冥獣を倒してくださったのはヴィクトリア様……。それに気づいた時、俺はある一つの重大な事実に辿り着いた」

「じゅ、重大な事実とは……」

「リタ……お前あの時、中庭にいたんだよな?」

「――っ!!」

まずい、とリタの中で警鐘が鳴る。

だが逃げ出そうにも、ランスロットが真正面から見据えてきた。

「ど、どうして、そんな……」

「アレクシスから聞いた。リタが俺を助けたと」

(ア、アレクシス……!)

どうしよう。

いったいどこまで話しているのか。

そんなリタの動揺を知るよしもなく、ランスロットはさらに繰り返す。

「お前はあの時、中庭にいた。――ヴィクトリア様がいたのと、まったく同じ時間に」

「……っ！」

もうだめだ。完全にバレている。

ついにこの学園生活が終わってしまうのか。

蒼白になるリタに向けて、ランスロットの口がゆっくりと動いた。

「お前、もしかして――」

「……っ‼」


「――ヴィクトリア様を呼んできてくれたのか⁉」


「はあ？」

予想もしない回答に、リタは反射的に眉根を寄せてしまった。

だが聞き間違いではなく、ランスロットは嬉々とした様子で興奮気味に続ける。

「いやだから、ヴィクトリア様に助けを求めてくれたんじゃないのか？」

「助け……」

「アレクシスが言っていたのは、そういう意味だったんだろう？　お前がヴィクトリア様にお願いしたから、俺たちはみんな助かった。全員記憶を失っていたのも、ヴィクトリア様の魔法によるものだと」

「う、うーん……？」

「ああいい。皆まで言うな。きっとまたヴィクトリア様から、大ごとにしたくないから黙っておくようにとでも言われているんだろう？　なんて謙虚な御方なんだ。あっ、もしかして魔法を使うお姿を間近で見たのか⁉　どんなだった⁉　びっくりするくらい美しかっただろう⁉　ああ……いったいどんな素晴らしい妙技を使われたのか……。かなうことなら俺もその勇姿を、この目で直に拝見したかった……。くっ、どうして俺は気絶していたんだっ……‼」

「…………」

どうしてそうなる。

本気で悔しがっているランスロットを前に、リタは「はっ」と片方の眉毛を上げた。

（……もういっか。このままで……）

いまだ熱弁を振るうランスロットと、冷めた目でそれを見るリタ。

乾いた冬の風が、二人の間をひゅうと駆け抜けた。

エピローグ　前世の因縁はかくも複雑に

一学年、前期の最終日。

教壇に立つイザベラを、リタはワクワクとした目で見つめていた。

「それでは明日より、冬季休暇に入ります。帰省する生徒は、学生課に申請書を提出すること。寮に残る生徒は食堂の使用時間や門限に変更がありますので、事前によく確認しておくように。それでは――先日の筆記テストの結果と、総合成績を返却します」

（来た――っ!!）

リーディアから順に名前を呼ばれ、それぞれ前に歩み出る。

落ちた、上がった、という悲喜こもごもの声を聞きながら、リタはじっと待ち続けた。

やがてローラが呼ばれ、最後に「リタ・カルヴァン」と名前が読み上げられる。

急いで前に出ると、教卓越しにイザベラが小さく微笑んだ。

「……よく頑張りましたね」

「あ、ありがとうございます!!」

努力を褒められるのはいくつになっても嬉しいものだ。

筆記テストの回答用紙と、総合成績の結果。
手の中に収めたまま席に戻り、大いなる期待とともに二つ折りのそれを見つめる。
(いちばんとはいかなくても、きっと結構いい順位のはず――)
大きく息を吸い込み、総合成績が書かれた用紙をおそるおそる開く。
そこに書かれていたのは――。
「……下から、五番目?」
何度も確認するが、数字の間違いはない。
最下位ではない。
最下位ではないが――ちょっと悪すぎないだろうか?
(ど、どうして⁉　実技の追試だってちゃんとできたし、筆記試験だって――)
慌ててもう一枚、筆記テストの回答用紙を開く。
右上に書かれていたのはなんと百点満点中、一桁の点数だった。
その理由にリタは愕然とする。
(か、回答欄が、ずれてる……‼)
なんというケアレスミス。
あろうことかリタは、かなり最初の時点で書く欄を一つ飛ばしていたのだ。
そんなこととは知らないローラが、嬉しそうにこちらを振り返る。
「リターっ！　あたし、結構上がりました！　実技の成績が思った以上に良くて」

「そう……良かったわね……」

「リタはどうでした？　まさか一位とかですか⁉」

その時教室の前の方で、わーっという歓声が上がった。

「リーディア様、また一位だったんですって！」

「当然よね。実技も筆記も完璧。来期はじめの『再選考』が楽しみですわ」

「きっとランスロット様も、リーディア様をお選びになりますとも」

「ふふ、ありがとう。これからも頑張るわ」

微笑んだリーディアが、ちらりとリタの方に視線を向ける。

目が合ったところで、まるで勝ち誇ったかのように「にこっ」と笑ったのだった。

◇

こうして前期最後の授業を終え、リタとローラは学生寮へと向かっていた。

外はかなり寒く、冷たい風が回廊の間を絶え間なく吹き抜けていく。

「そういえばローラは、冬季休暇何をして過ごすの？」

「二週間くらいは、実家に帰ろうと思います。お父さんたちも心配してたし……。リタはどうするんですか？」

「私は……特に予定もないから、図書館で気が済むまで本を読むつもり」

「うわあ……すごいですね」

するとローラが何かを思いついたように、ぱあっと目を輝かせた。

「そうだ！　じゃあどこかに遊びに行きませんか!?」

「遊び？」

「はい。あたしとリタと、あ、良かったら男性陣も誘って――」

「ん？　なんの話だ」

突然割り込んできた声に、リタとローラは揃って振り返る。

見れば後ろから、騎士科の授業を終えたランスロットとアレクシスが歩いてきた。

「冬期休暇、みんなで遊びたいなって話をしてたんです」

「わあ、楽しそうですね」

「ほう、いいな。それならうちの別荘がいくつかあるから、そこを使うか」

「い、いいんですか!?」

すると楽しげに話す二組に向けて、誰かが中庭側から「おーい」と声を上げた。

駆け寄ってきたその姿を見た瞬間、リタは思わず渋面を浮かべる。

（げっ……！）

「ランスロット、ここにいたのか」

「殿下！　どうしてこちらに？」

「いや、学園長に話があってね。終わったから君を探していたんだ」

現れたのは、第二王子であるエドワード。

相変わらず勇者に瓜二つの外見と、放たれる圧倒的な陽のオーラを前に、リタはさりげなくローラの背後に隠れようとする。

するとエドワードが突然振り返り、リタの方をひょいっと覗き込んだ。

「やあリタ。この前はありがとう」

「は、はあ……」

「君のおかげで助かったよ。しかし――」

そう言うとエドワードはリタの両手を取り、恭しく捧げ持った。

「本当に感激したよ……。まさかこんなに素晴らしい女性が存在していただなんて……」

「で、殿下?」

「ねえリタ？　良ければ来期、わたしのパートナーになってくれないかな？」

「は⁉」

まさかの爆弾発言にリタはもちろん、ローラとアレクシスが仰天する。

「えっ⁉　で、殿下が、リタのパートナーに⁉」

「ちょ、ちょっと待ってください⁉　それはいったいどういう――」

「実は後期から、ここの学園に編入することになったんだ。元々王宮で家庭教師はつけていたけど、やっぱり騎士科で実践的な戦い方を身につけたくてね。先日の視察は、どんな場所かの下見も兼ねていたんだよ」

（な、なんてこと……）

絶句するリタの一方、エドワードは握る手にぎゅっと力を込める。

「勇敢に敵に立ち向かっていく君の姿に、すっかり心を奪われてしまったんだ」

「え、ええと……」

「聞いたら後期のはじめに、パートナーの『再選考』があるというじゃないか。今のパートナーが誰かは知らないけれど、絶対にわたしの方が優秀だと断言できる。だから――」

「いや、ですから私は――」

まるで勇者から迫られているかのようで、リタは眩しさを堪えるように目を細める。

するとそんなエドワードの手首を、ランスロットががしっと摑んだ。

「失礼ですが、殿下でもそれは許可できません」

「どうしてだい、ランスロット？」

「彼女は――リタは、俺のパートナーだからです」

（……‼）

はっきりと断言され、リタの心臓がどくんと跳ねる。

それを聞いたエドワードは「なるほど」とようやくリタから手を離した。

「まさか君がライバルだったとはね。だが相手に不足はない。ここは正々堂々と勝負しようじゃないか」

「あの、殿下？」

「承知しました。殿下といえども手は抜きません。お覚悟はよろしいですか？」

「ランスロット⁉」

空中にバチバチと火花が飛び散っている気がして、リタは左右を交互に見る。

すると二人が同時に、リタに向かって手を差し出した。

「こんな堅物相手では疲れるだろう？　来期はわたしにエスコートさせてくれないかな」

「リタ、分かっているだろうな。甘い言葉に惑わされるなよ」

（ひ、ひぃぃぃ……）

助けを求めるかのように、こっそりローラたちの方を見る。

すると奥にいたアレクシスが、眼鏡越しに「にっこり」と目を細めていた。

それを見たリタは、言い表せない恐怖に襲われる。

（わ、私は、どうしたら……）

散々迷ったあげくリタは――どちらの手も取らず、その場でくるっと踵を返した。

そのまま全速力で元来た道を戻っていく。

「リタ、待ってよ！」

「リタ、待て！」

（絶対、嫌ーっ‼）

追い駆けてくる二人分の足音を聞きながら、リタは必死に走り続けるのだった。

◇

その日の夜。

リタは学生寮の裏庭に立つと、そうっと空を見上げた。

月はなく、砂糖粒のような星々がキラキラと美しく瞬いている。

(確か、あのあたりのはず……)

杖を取り出し、静かに呪文を唱える。

ふんわりと浮かんだそれに腰かけ、そのまま三階部分まで飛び上がった。ある部屋にまで辿り着くと、コンコンとその窓を叩く。

すぐにカーテンと窓が開き、中からランスロットが姿を見せた。

「……リタ?」

「ご、ごめん、こんな時間に……。でもちょっと話がしたくて」

「まさか、昼間のパートナーの件か?」

「ち、違うから！　その……」

怪訝そうな顔のランスロットに、リタがもじもじと口を開く。

「実はその、伝言を預かっていて」

「伝言?　誰からだ」

「ええと、ヴィ、ヴィクトリア、様から……」

「‼」

名前を耳にした途端、ランスロットは目を大きく見張る。

それを見たリタは必死に頭を働かせながら、懸命に言葉を探した。

「えっと、その……デ、デートの時、いきなり帰ってごめんなさいって……」

「……っ‼」

「急に用事を思い出しただけで、デートが嫌だったとか、ランスロットが悪かったとかじゃないって、それだけを伝えてほしいって言われてて……。あっ、デートの内容とかは一切聞いてないから安心して！」

「…………」

押し黙ってしまったランスロットを前に、リタはこくりと唾を飲み込む。

だがそのまま、素直な思いを口にした。

「誘ってくれて、嬉しかったって」

「…………」

「こんな自分を、ずっと大切に思ってくれていて、ありがとうって……」

それは嘘偽りのない、リタの正直な気持ちだった。

それを聞いたランスロットは、険しかった表情をふっと和らげる。

「……そうか。良かった」

「ランスロット……」

「てっきり嫌われたのかと思っていたが……安心した」

普段とは違う、子どものような笑みを見せたランスロットにリタもまたつられて笑う。

だが彼はすぐに眉根を寄せると、ううむと腕を組んだ。

「しかしそうなると、またデートにお誘いしなければな」

「え、また？」

「当然だろう。たった一度のデートで、俺の何を知ってもらえるというんだ？」

（つ、強い……）

諦めの悪いランスロットの様子に、リタは一人苦笑する。

だがあの時、彼を傷つけようとしたわけではないとようやく伝えることができ、リタはそのことに心から安堵した。

やがてランスロットがリタに微笑みかける。

「しかし、やっと前期が終わったな」

「う、うん」

「まあ、色々大変だったが……俺はお前をパートナーに選んで、本当に良かったと思っている」

「ランスロット……」

「だから、その……」

なぜか言い淀み、ランスロットが「こほん」と声を繕った。

「来年も、よろしくな」

言葉とともに手を差し出され、リタは一瞬ぱちぱちと瞬く。

だがすぐに手を伸ばすと、しっかりと握り返した。

「うん。……よろしく！」

はじめての頃よりずっと力を込めて、二人は握手を交わす。

その頭上には――遥か昔、修道士と見上げたような満天の星が輝いていた。

番外編　はじめての冬季休暇

馬車の小窓から見える大雪原を前に、ローラが「わあっ」と目を輝かせた。

「リタ、見てください！　一面真っ白ですよ！」

「へー、このあたりってこんなに降るのね」

オルドリッジ王立学園の前期が終了し、リタたちは冬季休暇を迎えていた。

今向かっているのは、王都から馬車で三時間ほど北上したところにあるケルマ地方。

夏は避暑地として、冬は景勝地として有名な別荘地だ。

「でも、本当に良かったんですかね？　公爵家所有の別荘なんてお借りして」

「まあ当のランスロットがいちばん乗り気だったしね……」

冬季休暇を迎える直前、リタはローラとともに「どこかに遊びに行こう」と話していた。

そこにランスロットたちが合流し、あれよあれよという間に話が進んでしまったのである。

（こういうところはほんと、次期公爵様！　って感じよね……）

顎に手を添えて得意げに笑うランスロットを想像し、リタは思わず半眼になる。

そこでふと、ぞくっという寒気に全身が襲われた。

微妙な変化に気づいたのか、ローラが不安そうにリタの方を見る。

「リタ？　大丈夫ですか」

「う、うん……。ちょっと疲れてるのかも。学期末、色々あったし」

「あんまり無理はしないでくださいね」

やがて馬車は雪原の真ん中にある巨大な邸宅へと到着した。

玄関先にはすでに一台の馬車が停まっており、ランスロットとアレクシスの姿がある。

ランスロットは普段の制服の上に黒い外套を着ており、その涼やかな髪色と端整な横顔も相まって、まるで冬の国から来た氷の王子様のようだ。

リタとローラが客車から下りると、すぐにこちらに歩み寄ってくる。

「道中、問題なかったか」

「うん。すごく快適だった。ありがとう」

「そうか」

小さく微笑むと、ランスロットは先導するように歩き出した。

執事や使用人たちに出迎えられたそこは、絢爛《けんらん》なエントランスホール。天井からは豪華なシャンデリアが下がっており、正面には赤絨毯の敷かれた大きな階段。踊り場から二階に向かって道が左右に分かれている。

「それぞれの部屋は二階に用意してある。俺とアレクシスが東側、リタとローラは西側だ。食事をとるダイニング、鍛錬用のホール、画廊や書庫なんかは一階の東側にあって、中庭にはこの廊下をまっすぐ行った突き当たりの厨房側から出られる」

「はああ……」

ランスロットの説明に、ローラとアレクシスはただただぽかんとしているようだった。

リタもまた驚きはしたものの、一応過去、王宮に長いこと住んでいたという経験もあるため、そこまで動じてはいない。

「それでは各自、自分の部屋に荷物を置いてこい。十分後、このエントランスに集合だ」

「集合？　まだ食事には早い気がするけど……」

リタの問いかけに、ランスロットが「ん？」と首を傾げる。

「当たり前だ。食事は鍛錬が終わってからだろう」

「？　ちょっと待って、鍛錬って……」

「何を今さら。冬季合宿の一環に決まっている」

「冬季合宿……？」

聞き覚えのない単語に、リタをはじめとした他二人も疑問符を浮かべる。

一方ランスロットはしごく真面目な顔つきで「ふむ」と自身の顎に手を添えた。

「冬季休暇中とはいえ、後期の開始まであっという間だ。それぞれ入学時よりは成績が上がったようだが、まだ満足いく結果であるとは言いがたい」

「あのー、ランスロットさん？」

「よって俺はこの滞在期間中、成績向上を目的とした特別強化プログラムを考えてきた。これをクリアすることにより、後期は他の生徒に大きく差をつけてスタートできるという寸法だ！」

（ああーっ、真面目さがここで出てしまったーっ！）

質実剛健。品行方正。自他ともに厳しいランスロット。

それ自体は彼の美徳であるが、それに巻き込まれる方はたまったものではない。

だがこんな素敵な別荘地を満喫できるのは、ランスロットの恩情によるものであり――。

（うう……結局勉強なのね……）

文句の一つでも言いたいところだが、学年で下から五番目のリタに拒否権はない。

すると玄関扉の向こうから、もう一台馬車が停まる音がした。

「……？」

ランスロットも予想外だったのか、わずかに身構えて振り返る。

やがて扉が開き――見えたのは、四人が乗ってきたものよりも立派な四頭立ての馬車。

そこから降りてきた人物に全員が口を揃えて叫んだ。

「エ、エドワード殿下!?」

「ああ良かった、間に合ったみたいだね」

キラキラとした金髪を揺らしながら、この国の第二王子であるエドワードがエントランスホールに入ってきた。リタがこそこそとローラの背後に隠れていると、それを追い駆けるようにしてエドワードがひょいっと覗き込んでくる。

「やあリタ。しばらくぶり。元気だったかい？」

「は、はあ、おかげさまで……」

びくびくと応じるリタと、ニコニコと満面の笑みを浮かべているエドワード。

そんな二人を見つつ、ランスロットが呆れたように口を開いた。

「殿下。これはどういうことですか？」

「いやなに。来期からはわたしもオルドリッジの生徒になるわけだから、ここは一つ君に指南してもらおうと連絡を取ったのさ。そうしたら、学友たちとケルマの別荘にいると教えられてね。そこに愛しのリタもいると聞いて、こうして馳せ参じただけだよ」

「余計なことを……」

剣呑なオーラを放つランスロットを残し、エドワードはくるっとリタの方に向き直る。

「というわけだから。これからしばらく一緒にいられるね」

「え、う、はあ……」

しどろもどろに目を泳がせるリタの両手を、エドワードが優しく持ち上げる。

「そうだ。せっかくだから来期に向けての準備をしておかないかい？　パートナーを組むにあたり、少しでも慣れておいた方がいいだろう？」

「いやあの私、今のパートナーを替えるつもりは」

「そうと決まれば、できるだけ近くで過ごした方がいいかもしれないね。リタの部屋はどこかな？　わたしの荷物もそこに――」

するとリタの眼前に、二つの影がすばやく割り込んだ。

その一つ——ランスロットがエドワードの手首をがしっと摑み、リタから引き離す。

「殿下。たとえ殿下であろうとも、この邸では俺の指示に従っていただきます」

「いたた。そんな本気にしなくてもいいだろう？　ランスロット」

「あなたはいつでも本気でやるから怖いんですよ……」

ようやく解放され、リタはほっと手をひっこめる。

顔を上げると、反対側にいたアレクシスもまたリタを庇うように片腕を上げていた。

「リ、リタ。大丈夫だよ」

「あ、ありがとう、アレクシス……」

番犬二人（心なしかローラも）からぐるると唸られ、エドワードはやれやれと引き下がった。

「ごめんごめん。さすがに冗談だよ。でも今日からよろしくね」

「は、はあ……」

ばちんと大きくウインクされ、リタは曖昧な笑みを返す。

その後エドワードはランスロットに引っ張られるようにして、男性陣の部屋がある二階東側へと連れていかれた。その背中を目で追いながら、リタはあらためてため息をつく。

（ほんと、顔は勇者様そっくりなんだけどなあ……）

こうして冬季休暇あらため、冬季強化合宿は賑やかに始まった。

◇

合宿一日目の夜。

夕食とシャワーを終え、部屋に戻ってきたリタはぼふんとベッドに倒れ込んだ。着ているのはあらかじめ用意されていた寝間着だ。

（つ、疲れたー!!　てっきり騎士科と魔女科で分かれてするのかと思えば『体力作りはすべての基本だ！』とか言い出すし……）

まさかのエドワード参戦に動揺していたのもつかの間、荷物を置いてすぐにランスロット先生の特別訓練が始まった。

鍛錬用のホールに集められた面々は柔軟、ストレッチに始まり、筋トレ、スクワット、剣と杖の素振りなど、とても覚えのあるメニューを一通りやらされることとなったのだ。

その後ランスロットたちは実践的な手合わせ、リタたちは魔法の修業に励み——こうして一日目はあっという間に終了した。

「うう……なんか頭痛い……」

全身にずっしりとくる疲労を感じ、リタはうーんと両手で目元を覆う。

するとコンコン、と小さなノックの音が聞こえてきた。

「リタ、まだ起きてますか？」

「ローラ？　うん、大丈夫よ」

リタが返事をすると、カチャリと控えめな開閉音とともにローラが顔を覗かせる。

「今日はお疲れさまでした……で、あの、せっかくなので、ちょっと話でもしたいなーって」

「ええ。こっちにどうぞ」

勧められるまま、ローラはリタの向かいにあったソファに腰を下ろす。彼女もまたリタのと似たような寝間着姿だ。近くにあったクッションを抱きしめると、はあーっと息を吐き出した。

「それにしても、まさか合宿になるとは思ってもみませんでした」

「大丈夫だった？　杖の素振りとか……。私は慣れたものだけど、ローラからすればきついかもって心配していたんだけど……」

「それは全然！　家の修行ではもっときついこともしていたんで」

（そうだった……この子、根っからの戦闘民族だったわ……）

あっけらかんとしているローラの様子に、リタはあらためて舌を巻く。

そんなリタに向けて、ローラがどこか楽しそうに尋ねてきた。

「あの、ところで、質問なんですけど……」

「うん？」

「リ、リタは……誰が本命なんですか⁉」

本命、という聞き馴染みのない単語がリタの頭をすーっと素通りしていった。

だがすぐに呼び戻すと「本命⁉」と口から飛び出させる。

「なっ、えっ、ど、どういう意味⁉」

「えっ、だってその、付き合っているんじゃないんですか？　ランスロットさんと」

「付き合ってないわよ⁉」

「えっ⁉　で、でもだから、エドワード殿下が対抗してて」

「あれは勝手に言ってるだけよ⁉」

「それにアレクシスも、リタのことが好きだってバレバレですし」

「バレバレ⁉」

「あっ！　もちろんあたしも負けないくらいリタのことは好きですよ！　でも一応、誰が本命なのかちゃんとリタに聞いておかないと、と思いまして……」

（あああ……話がややこしくなっていく……）

確かにパートナーには、元々婚約関係にあった者同士や家の結びつきが強い間柄など、成績以外のなんらかの繋がりがあることも多い。

それでなくとも一緒に過ごす時間が長くなるため、自然とそうした恋愛関係に発展するというのはよくある話だ。入学の際イザベラからも「結婚したりする例もある」と言われていた。

ローラの勘違いも、そのあたりから端を発したものだろう。

「ええと……ランスロットとは、本当にただのパートナーで、つ……付き合っているとか、そういうのは本当にないから」

「じゃ、じゃあ、エドワード殿下と……？」

「いや！　あれは絶対にない！　王子様に向かってあれとか失礼だけどない‼」

「まさか、すでにアレクシスと——」

「アレクシスは友達！　ほんとに！　ただの！」

ぜえはあと肩で息をしながら答えたリタを見て、ローラはぱあっと顔をほころばせた。

「じゃあ、まだ決まった相手はいないってことなんですね！」

「そ、そうなるわね……」

「良かった、ちょっとほっとしました……。いやあの、リタが誰かとお付き合いするのは嬉しいんですけど、一緒にいる時間が減っちゃうから寂しいなって思ってて……」

「ローラ……」

恥ずかしそうに頬を染める友人を前に、リタの胸が思わずキュンと音を立てる。

だがローラは「それとこれとは別」とばかりに、再びリタの方にぐいっと身を乗り出した。

「それじゃあ、もし付き合うとしたら？」

「えっ？」

「だってみんな素敵な方なので。いったい誰を選ぶのかなあと」

「そ、それを言うならローラはどうなのよ!?」

「あたし……は、しばらく男の人はいいです。その……まだ、怖いと思う時があるので」

「……っ」

ローラのその言葉に、リタは思わず口をつぐんだ。

一方彼女の方はすぐに笑顔を取り戻すと、嬉しそうに迫ってくる。

「やっぱり王子様だし、エドワード殿下ですか？」

「いや、さっきも言ったけどそれは絶対にないと思うわ……」

「そうですか？　すっごい綺麗な顔ですし、女性には人気あるみたいですけど……」

（その顔が嫌なのよ……）

リタが本音を呑み込んでいると、「じゃあ」とローラは続ける。

「優しく見守ってくれる、アレクシス？」

「うーん……アレクシス、は……」

彼の顔を呼び起こそうとした途端、学園復学直後に耳元で囁かれたことを思い出す。

あの時、いつものアレクシスとはまるで別人みたいだった。

どこか覚えのある、怖さにも似た魅力があって——とまで浮かんだところで、リタはぶんぶんと首を横に振った。

「……うん、やっぱり友達かな」

「そうですか……となると、必然的にランスロットさんということに」

「どうしてそうなる⁉」

反射的に言い返したものの、リタの脳裏にすぐさまランスロットの顔がよぎった。

銀色の綺麗な髪。深い青色の瞳。端正な目鼻立ち。均整の取れた体つき。

自信家で、努力家で、真面目で。でもヴィクトリアのことになると急に少年のようになってしまう可愛いところもあって、それに——。

「リタ？」

「はっ‼」

押し黙ってしまったリタを心配したのか、ローラが怪訝な表情で覗き込んできた。

「大丈夫ですか？　なんか、顔がいつもより赤い気が……」

「だ、大丈夫よ！　うん！」

結局、ランスロットに対する結論は出ないまま――。

リタははじめての『女子トーク』というものを、真夜中まで楽しむのであった。

◇

合宿二日目。

リタをはじめとした五人は、分厚い外套を着込んだ状態で雪山の頂上にいた。

やがて先頭にいたランスロットがくるっと振り返る。

「合宿二日目は雪原訓練だ！　どんな気候、どんな地形でも対応できるのが戦術の基本だからな。今日は一日、ここで雪上移動の練習をしようと思う」

「雪上移動って……」

活き活きとしたランスロットの言葉を聞き、リタはじっと自身の足元を見下ろした。

普段の靴を脱がされ、何を履かされたかと思えばそれぞれに長い板のついたごついブーツ。そして両手には細身の杖。なるほど確かに雪に沈む心配はないが、するすると常時滑り続けていてなんとも歩きづらい。

経験のあるランスロットとエドワードは平然としており、リタと同じく初心者であったはずのローラとアレクシスは最初のうちこそ狼狽していたが、ものの数分ですっかり使いこなしていた。

顔色が悪いリタを心配して、ローラが声をかけてくる。

「リタ、大丈夫ですか?」

「う、うん……なんとか……」

あまり経験したことのない気温に体が驚いているのか、さっきから全身が妙な寒気に襲われている。生まれ立ての子鹿よろしく足をブルブル震わせていると、ランスロットが続けた。

「一応言っておくが、去年この近くの崖下で冬眠から目覚めた熊がうろついていたという情報が入った。今年はまだそうした目撃情報はないが、十分気をつけておくように」

「く、熊……」

「それでは各自、訓練を開始しろ。分からないことがあれば俺に聞け」

始まりの合図とともに、各々慎重に雪の上を滑り出す。

リタに向かって手を振りながら、颯爽と斜面を滑り降りていくエドワード。何度かこけていたものの、いつの間にかだいぶ下の方に到着しているアレクシス。あっという間にコツを摑み、すでに二周目三周目を楽しんでいるローラなどを横目に、リタもおそるおそる一歩を踏み出す。

(くっ……魔法で飛べればこんなの、使う必要ないのに……)

ゆっくりと滑り出したものの思っていた以上の加速がつき、リタはたまらずブレーキをかける。

バランスを崩したところで、派手に雪の中に倒れ込んだ。

うーんと目を回していると、ランスロットが手を差し出してくれる。

「大丈夫か？」

「う、うん……」

周囲を取り巻く雪に照らされて、ランスロットの銀髪が普段以上にキラキラと輝いて見えた。リタは頬の異常な熱さを感じつつ、そろそろと彼の手を摑もうとする。

すると次の瞬間、ドンッという衝撃音とともにランスロットの姿が眼前から消えた。

「ランスロット⁉」

どうやら隣から来た何かに吹っ飛ばされたらしい——とリタがぽかんとしていると、先ほどのランスロットとまったく同じポーズでエドワードが手を差し伸べてきた。

「リタ、大丈夫？　怪我はない？」

こちらの金髪もまた、目を細めたくなるほど光を弾いている。

「は、はあ……」

「殿下‼　いったいどこから出てきたんです⁉」

なかば無理やりに助け起こされて横を見ると、全身雪まみれになったランスロットが分かりやすく腹を立てていた。

一方エドワードは、繋いでいたリタの片手を恭しく持ち上げる。

「はじめてだったんだね。良かったらわたしが教えてあげようか？　もちろん二人っきりで」

「殿下‼」

「エンリョシテオキマス……」

ぎこちない笑みを浮かべると、リタはそそくさと逃げるように移動した。あの顔を間近で見続けるのは、目と精神に多大なる負荷をかけてしまいそうだ。

（とりあえず、少しずつ頑張ってみるか……）

こうして転んでは助けられ、滑っては転倒を繰り返していたリタだったが、ようやく少しだけ体勢を維持できるようになってきた。やり方が分かれば意外に楽しいもので、リタは遥か下の方にいるローラに目をつける。

（よし、今度はあそこまで行ってみよう！）

靴についた板をよいしょよいしょと押し進める。すぐに速度がつき、リタは体重を移動させながらゆっくりと斜面を下った。

だが順調に滑っていく——と思った瞬間、ずりっと板が大きくずれる。

「——っ⁉」

どうやら固く押し固められた氷の層に当たってしまったらしい。

慌てて体勢を整えようとするも、進路はリタが思っていたのとはまったく逆の、森林帯に向かって突っ込んでいく。

異変に気づいたランスロットが、遠くから叫んでいるのが聞こえた。

「リタ⁉」

（ど、どうしよう⁉）

やむなく倒れ込んだものの、傾斜が相当きついところに入ってしまったのかその後も勢いは落ちることなく、体ごと雪面を滑り落ちてしまう。ついに森の中に入ってしまい、リタは必死になって木々の合間を潜り抜けた。

しかしいよいよ大木と衝突しそうになり、思わず呪文を唱える。

「地の精霊よ！　せり上がれ！」

リタの真下にある地面が隆起し、間一髪、大木を回避する。

だがほっとしたのもつかの間、突然リタの体がふわっと空へと浮き上がった。

「なっ――」

正確には浮いたのではなく、急激な落下――。

リタは崖から飛び出し、そのまま深い山中へと放り出されたのだった。

◇

リタが遭難したことを受け、ランスロットはすばやく指示を出した。

「全員、先に邸に戻っていてくれ。俺はリタを探してくる」

「ランスロット、それならわたしも――」

「殿下に万一のことがあってはいけません。アレクシス、ローラ、殿下のことを頼んだぞ」

「は、はい……」

真剣なランスロットの口ぶりに、ローラとアレクシスも不安そうに頷く。

三人が邸に向かったのを確認したあと、ランスロットはあらためて唇を引き結んだ。

（リタ……）

付近の地図を広げ、おおよそのあたりをつける。太陽はちょうど頭上から少し傾いたくらい。日没までには捜し出さなければ。

雪上歩行用の靴に履き替え、黙々と木々の間に踏み入っていく。

午前中はあんなに穏やかだったのに、今は雪を孕んだ強風が吹き始めていた。おまけに深い森の奥に来たためか、太陽光が届かずどこもかしこも薄暗い。

（あの時の速度、飛び出した角度からいって、おそらくこのあたりなんだが……）

吹きすさぶ雪風の中、ランスロットは必死に目を凝らす。

するとなだらかな雪原の一角に、見覚えのある茶色の髪が覗いていた。慌てて駆け寄ると、リタが半分以上雪に埋まった状態で気を失っている。

「リタ！　おい、しっかりしろ！」

急いで抱き起こす。

だがそこで、リタの全身が驚くほど熱いことに気づいた。

「……熱があるのか？　おい、リタ！　聞こえるか、おい！」

何度も呼びかけるが、彼女は顔を真っ赤にしたまま目覚める気配がない。

ランスロットはすぐさま邸へと連れ帰ろうとする――がその瞬間、一際強い地吹雪が二人の周囲を覆い尽くした。視界は一気に閉ざされ、来た方向が不明瞭になる。

(無理やり進むのは危険だ。しかし、このままでは……)

そこでランスロットは、木々の合間から覗く小さな屋根を発見した。

リタを背負ったまま接近すると、一軒の粗末な山小屋が姿を見せる。どうやら夏の間、木こりたちが滞在するための簡易宿泊所のようだ。

扉を叩き、無人を確認して中へと入る。

小屋の中はがらんとしたもので、ベッドはおろかテーブルや椅子、蠟燭一つ備えられていなかった。あるのは吸い殻が溜まった灰皿と古びた火打石、そして形が悪くて放置されたのであろう木の枝が数本だけ。

ランスロットはリタを壁に寄りかからせると、灰皿の中のゴミを外に捨て、携帯していた包帯と消毒液を取り出した。消毒液を灰皿の半分ほどにまで注ぐと、そこから包帯を縁に引っかけるようにして伸ばす。そして火打石で包帯の先端に火を灯した。

真っ暗だった室内に、ようやくぼんやりとした明かりが生まれる。

(とりあえず、これでしばらくは持つだろうが……)

再度周囲を物色するが、毛布など暖の取れそうなものはない。

仕方なくリタのもとに戻ってきたランスロットは、あらためて彼女の額に手を当てた。

(ひどい熱だ。まさかずっと、こんな状態で……?)

昨日の訓練の様子を思い出し、たまらず奥歯を噛みしめる。

彼女のことにちゃんと気づいてやれなかった。以前あれだけ後悔したというのに。

何も変わっていないのか、俺は。

「リタ？　しっかりしろ、なあ」

何度も呼びかけるが、やはり目を開けることはない。

やがてリタの体がガタガタと大きく震え始めたのを見て、ランスロットは思わず息を呑んだ。この寒さで体が冷えてしまったか。

（まずい、このままじゃ――）

雪でびしょぬれになっていたリタの外套を脱がし、次に自身の外套の前をくつろげる。

中の衣服が乾いていることを確認すると、リタの全身をぎゅっと腕の中に抱きかかえた。そのまま体の向きを変え、立てた両膝の間に彼女を挟み込むような形で壁に背をつける。

床に転がしておくよりは多少マシだろう。

「リタ、大丈夫だ。じき吹雪も収まる。そうしたらすぐに連れて帰ってやるからな」

懸命に励まし、今なお震え続けるリタの背中を何度も撫でさする。すると少しだけ意識を取り戻したのか、彼女がわずかに声を発した。

「……ランス、ロット……」

「リタ⁉　気がついたか」

「…………」

だが一瞬のことだったのか、リタは再び沈黙してしまう。

ランスロットは悔しそうに顔を歪めたあと、先ほどより強い力で彼女を抱きしめた。

（リタ……）

間近で見る彼女の頬は真っ赤で、唇は熱のためか艶々と潤んで見えた。

伏せられた睫毛は長く弓なりに上を向いていたが、今は弱々しく震えている。耳も鼻も、顔のパーツ何もかもが小さくて、体はランスロットが思っていた以上に華奢だった。

（こいつ……こんなに細かったんだな……）

学期末テストの日――アニスに捕らえられていたリタを助け出した時も、こうして彼女を抱き留めたことがある。だがあの時はとにかく目の前のことに必死で、彼女がこんなに脆く繊細な生き物であるということに気づかなかった。

無意識にリタの片手を取る。

剣だこがあり、ごつごつした自分の手のひらよりずっとか弱い。はじめて握手した時にはしっかりとした力強さがあったのに、今はただランスロットにされるがままだ。

なんだか無性に悲しくなり、そのまま確かめるように彼女の指先を握りしめる。

「くそっ……」

すると呼びかけに反応したのか、リタが再び口を開きかけた。

だが何も発されることはなく、ランスロットは吸い込まれるように彼女の頬に手を伸ばす。形の良い唇は、まるで真っ赤に熟れた果実のようで――。

（……リタ——）

そこで突然、小屋の扉がドン、ドンと荒々しく揺れた。

ランスロットは声にならない悲鳴とともに、慌ただしく自身の手をひっこめる。

「なっ、なんだ!?」

心臓がかつてないほど激しく脈打っているのを感じながら、どうやら外から攻撃を受けているらしい、とランスロットはようやく理解した。

（いったい誰だ？　いや、この雪の中、ここまで来る人間なんて——）

そこまで考えたところで、冬眠から目覚めてしまった熊の話をふと思い出した。もしや今年も出現し、人の匂いを嗅ぎつけてここまで来たのではないか。

ランスロットが思考を巡らせている間にも、扉を打ちつける速度が上がっていく。

「…………」

覚悟を決めたランスロットは、リタを扉からいちばん離れた壁へと寄りかからせた。自分の外套を脱ぎ、彼女の小さい体を覆い隠すように正面から被せる。その後、近くにあった木の枝を拾い上げた。

（このまま扉が壊されれば、逃げ場もなく二人とも終わりだ。ならば扉が開いたその一瞬をついて、こちらが先制攻撃を仕掛けるしかない——）

激しく揺れる扉の傍に近づき、意識して呼吸を静める。ダン、ダァンとたわむ木の扉をじっと見つめると、蝶番の壊れるタイミングを計った。

一際強い衝撃のあと、ガコッという音を立てて扉が外れる。

(――今だ！)

わずかな隙間を狙い、ランスロットは木の枝を振り下ろした。

だがそこにいた影は器用に身を反らし、こちらの決死の一撃を寸前で回避する。

(しまった、仕留めそこねた――)

ぞくりという恐怖が背筋を這い上がり、ランスロットはすぐに二撃目を見据える。

しかし扉の向こうから「ちょっと待て！」という声が聞こえた。

「あっ……ぶないなー！　少し落ち着け！」

「その声は……殿下？」

馴染みのあるその口調に、ランスロットはそろそろと構えを解く。

半壊した扉を越えて現れたのは親友――いや、悪友のエドワード王子だ。

「良かった。ここに避難していたんだな」

「は、はい……。で、でもどうして殿下がここに？　邸で待機するよう言いましたよね⁉」

「大切な恋人候補の危機に、そんな悠長なこと言ってられないだろう？　そんなに心配しなくても大丈夫だよ。ほら」

エドワードが自身の背後を指さしたのを見て、ランスロットもそちらを覗き込む。

するとそこには同じく避難させたはずのローラとアレクシス、そして面識のない初老の男性たちが複数人付き従っていた。

「地元の猟師たちに協力してもらって、人海戦術で捜索してもらったんだ。もちろん危険がないよう、目印と定期連絡は必須にしてね」

「ほら、これでも王子様だから。たった一人で無茶をする君と違って、人に頼ることには慣れているんだよ」

「殿下……」

にこっと爽やかに微笑まれ、ランスロットはそれ以上何も言えなくなってしまった。

自由奔放で人の都合なんてお構いなしなところがあるが、こうして助けられたことは正直一度や二度ではない。悔しいが今回もまた完敗だろう。

「……ありがとうございます。ですがなぜ、扉を壊そうと？」

「君たちが二人っきりでいちゃついていないか心配で、というのは建前で——扉が外から凍りつきかかっていたんだ。だから中にいるなら早めに開けなければと思ってね」

「……なるほど」

どっと疲れが押し寄せ、ランスロットは「はあっ」と肩を落とす。

だがのんびりしている時間はないと、猟師が持ってきていた毛布で意識のないリタを包み込み、すぐに山小屋をあとにしようとした。

すると数歩歩いたところで、森の奥から恐怖におののく声が聞こえてくる。

「く、熊だーっ!!」

「冬眠から目覚めた奴だ、早く逃げろーっ!!」

「‼」

慌てて振り返ると、こちらに逃げてくる男たちの背後にのっそりとした黒い影が見えた。

それが熊だと認識した途端――それは一直線にランスロットめがけて走り出す。

（まずい！）

しかしリタを抱えている以上、まともに駆け出すことはできない。何より人間が走って逃げられるような相手ではないはずだ。万事休すか――とランスロットが思ったところで、その直線上にローラが割り込んできた。

「おい！　危険だ、逃げ――」

「炎の精霊よ、我が声を聞き、我が願いに応じよ！　真に猛き炎の力、我が手に――宿れっ‼」

「……っ⁉」

その瞬間、彼女の両拳から燃え盛る紅蓮の炎が立ち上った。

驚愕するランスロットをよそに、ローラは飛びかかってきた熊の両手をがしっと摑むと、そのままギリギリと睨み合う。

やがて「そりゃあああっ！」と勇ましい雄叫びを上げながら、身の丈以上の熊を遥か後方に放り投げた。熊は気絶したのか、ぴくりとも動かない。

「ローラ、君のそれは、いったい……」

「あっ、ええと、リタから教わった必殺技です！　でも一回使ったらしばらく使えないんで、この隙に早く逃げましょう！」

見れば捜索を行っていた猟師たちは我先にと逃げ出していた。

それを見たランスロットもまた、エドワードとローラの助けを借りながら、命からがらそこから離れたのだった。


数刻後、意識を取り戻した熊はぴくっと鼻を揺らした。

すぐに起き上がると、雪原に残った人間の足跡の匂いを嗅いで走り出す。少し進んだところで、無防備に避難している一団を発見した。

空腹に任せ、さらに加速しようとする――。

「おっと、困るなあ」

突然の声に熊はすぐさま振り返った。

そこにいたのは黒髪のひょろりとした人間で、熊は一瞬でターゲットを変える。

「もう少し眠っていてくれるかな。できれば、来年の春まで」

当然言葉が通じるはずもなく、熊はその人物めがけて獰猛に襲いかかる。

だが次の瞬間、熊はびくっと体を震わせ、そのまま近くにあった木のうろへと転がり落ちた。

熊が深い昏睡状態に陥ったのを確認すると、黒髪の青年――アレクシスは雪の上に落ちていたコインをやれやれと拾い上げた。

特段なんの変哲もない普通のコイン。

だがピン、ピン、と何度か親指で弾き上げていたかと思うと、突如方向を変え、木の幹へと射出した。バキキッとけたたましい音がして、まるで鉄の楔を打ち込んだかのように木肌の奥深くへとコインが突き刺さっている。

「楽しい冬季合宿の途中だからさ。悪いね」

そう言うとアレクシスはいつもの眼鏡をかけ——一団と合流するべく、てくてくと雪原を歩いていった。

◇

ふと目覚めると、記憶にない天蓋がリタの目に飛び込んできた。

(なんかこの状況、すごい既視感が……)

ゆっくりと体を起こすと、近くに立っていたランスロットがすぐに反応する。

「良かった、気がついたか」

「ランスロット……ここって」

「一階にある応接室だ。お前の部屋でも良かったが、見られたくない荷物もあると思ったんでな」

「お気遣い、ありがとうございます……」

ぼんやりした頭を手で押さえながら、懸命にこれまでの記憶を手繰る。

確か雪山を派手に滑落して、分厚い雪のど真ん中にどぼすんと落ちたような気がしたのだが、そこからいまいち覚えがない。

はて、と何度も首を傾げているとランスロットが水の入ったコップを差し出した。

「ほら、薬だ。飲んでおけ」

「薬?」

「さっきまですごい熱でうなされていたんだ。おそらくただの風邪だろうが……今うちの医者を呼びつけているから、もうしばらく待ってろ」

「熱……」

言われてみれば、頭の奥深くがズキズキと痛い。全身も火照ったように暑苦しいし、なんとなくだるいような——と気づいたところで、一気に体調が悪くなってきた。

そういえばここに来る時から、なんとなく悪寒のようなものを感じていた気がする。

「これ以降、合宿のカリキュラムはすべて中止。熱が下がって体力が戻るまで、とにかく安静にしておくこと。いいな?」

「は、はい……」

「よし。いい子だ」

ランスロットが穏やかに微笑み、そのままベッドの傍から立ち去ろうとする。

だがリタは「あっ」と目を見開くと、慌てて彼の腕を摑んだ。

「あ、あの! 私、崖から落ちてからの記憶がおぼろげなんだけど……もしかしなくても、ランスロットが助けてくれた、とか……」

「……一応な」

「あ、ありがとう……。でもごめん、大変だったでしょ？　すごい雪積もってたし……」

「そうでもない。すぐに見つかったし、近くの山小屋に避難していたから――」

そこまで口にしたところで、ランスロットが不自然に沈黙した。

（……？）

不思議に思ったリタが首を傾げる。

彼はこちらを見たまま何度かぱちぱちと瞬きしたあと、突如ぼんっと顔を赤くした。

「ランスロット？」

「な、なんでもない！　いいから寝てろ！」

触れていたリタの手を慌ただしく振りほどくと、足早に扉の方へと向かう。

だが出て行く直前、ぼそりとつぶやいた。

「その……すまなかった」

「えっ？」

「お前が体調を崩していることに気づかず、無茶させて……」

「わ、私も全然自覚してなかったから大丈夫だよ！　こっちこそごめんね。なんかいっぱい迷惑かけちゃったみたいで」

「迷惑なんかじゃない。ただ少しでも不安がある時は、どんなことでもいいから俺に相談してほしい。……本当は言われなくとも、すぐに気づいてやれたらいいんだが……」

（ランスロット……）

普段の彼からは考えられない弱々しい声に、リタは続く言葉に迷ってしまった。

だがすぐに「うん」と微笑む。

「分かった。ちゃんと言うようにするね。その代わり、ランスロットも何かあったら教えてね。私たち、パートナーなんだから」

「……ああ」

ランスロットがようやく振り返り、柔らかく笑う。

その表情を見たリタもまた、嬉しそうに笑みを零すのだった。

◇

応接室を出たランスロットは、一人黙々と廊下を歩いていた。

(なぜ俺は、ちゃんと言えなかったんだ……?)

どうやって助けてくれたのかとリタから尋ねられた時、つい言い淀んでしまった。

別にやましいことは何一つないわけだし、包み隠さず説明すれば良かったはず——とそこまで考えたところで、腕の中にいた彼女の唇をまざまざと思い出してしまう。

(いやっ！　あれはその、苦しそうなのが気になっただけで、他意はっ……！)

おまけにさっき彼女から腕を摑まれた時、その手の小ささを強く意識してしまった。

思わず振り払ったものの、まだ肘のあたりに温かさが残っているかのようで落ち着かない。

（いったい……どうしたんだ俺はっ……！）

冷静さを取り戻そうと、脳内にある『ヴィクトリア図録』を必死に呼び起こす。

美しく微笑む伝説の魔女。勇壮に杖を振るう猛きお姿。あらゆる精霊たちを従え、冥王討伐に向かう神々しい背中──と恍惚としたところで、意識を朦朧とさせたリタが額を押しつけ「ランスロット……」と口にした場面が脳裏をよぎった。

その瞬間、輝いていたはずのヴィクトリア像がぐらっと揺らぐ。

（くっ……雑念がっ……‼）

あまりのショックに、ランスロットはよろよろと廊下の壁に自身の額を押しつける。

顔だけが燃えるように熱い。鼓動もいつもより何倍も速い気がする。

自分も風邪を引いたのかもしれない──とランスロットは絶望するのだった。

◇

その後、リタのいる応接室にローラやアレクシス、エドワードが順番に顔を見せた。

ランスロットからもらった薬のおかげか、熱は翌日にはすっかり下がり──ただし体調が回復したあとも、特別訓練には参加させてもらえなかった。

そして合宿最終日。

「ランスロット、長い間泊めてくれて本当にありがとう」

「……別に」

（……？）

帰宅間際、お礼を言ったリタに対し、ランスロットはいつも以上にぶっきらぼうだった。

いつもなら嫌でもばっちり目が合うくせに、リタが寝込んでから今日この日まで、なぜか不自然に目をそらされている。

（やっぱり、迷惑だったと思っているのかな……）

不安を抱えたまま、リタは来た時同様ローラとともに馬車に乗り込む。

離れていく別荘を見送っていると、向かいに座るローラが嬉しそうに微笑んだ。

「はあー……楽しかったです」

「そうね。こういう経験はじめてだったから、なんだか新鮮だったわ」

「また次のお休みも、こんなふうにみんなでどこかに行きたいですね！」

「その時は、遭難しないように気をつけないとね……」

苦笑しながら、小窓から覗く真っ白な雪原を眺める。

まばゆい冬の太陽に照らされて、その表面が宝石のようにキラキラと輝いて見えた。


――もうすぐ、一学年の後期が始まる。

あとがき

はじめまして、シロヒと申します。

このたびは『最下位魔女の私が、何故か一位の騎士様に選ばれまして1』を手に取ってくださり、本当にありがとうございます！

このお話は『三角関係』がテーマとなっています。

リタ→ランスロット→ヴィクトリアという不思議な三角関係と、三人の男性から矢印が向くドタバタ感を組み合わせつつ、最終的にはリタとヴィクトリアの両方に惹かれてしまい「俺はなんて不埒なんだ……！」と苦悩するランスロットが描けたらなあと思っています。大丈夫、同じ人だよ。

リタに見せる素のランスロットと、憧れの人を前に猫を被ってしまう彼の可愛いところが伝わってくれたら嬉しいです。

ちなみに完全に個人的な趣味では、二重人格気味（？）のアレクシスが書いていいてとても楽しかったです。前髪下ろしキャラが本気出してオールバックにするとときめいてしまうのは、いったいどこからの刷り込みなんでしょうか。

また書籍化にあたりまして、番外編を書き下ろしさせていただきました！

内容は、本編最後に話していた冬季休暇の過ごし方――ですが、実際のところ楽しいホリデーになったのか、ぜひ読んで確認していただければと思います。

リタとランスロットの距離がちょっと近づいている……といいな……。

あらためまして、書籍化のお話をくださいましたフェアリーキスさま、そして担当さま、本当にありがとうございます！「どうしよう……」となりかけるたび、親身になってアドバイスしてくださったり、すぐにお電話くださったりとたいへん助けていただきました。

また素敵すぎる表紙イラストと挿絵をくださいましたShabon先生にも心からの感謝を申し上げます。表紙のリタがほんっとうに可愛くて……！　中の挿絵もどれも素晴らしいので、ぜひじっくり堪能してください。

それではまたお会いできますことを、心の底から祈りつつ。
お付き合いくださり、ありがとうございました！

シロヒ

捨てられ令嬢ですが、
なぜか
竜帝陛下に
貢がれています!?
Inusaki
犬咲
Illustration
北沢きょう
陛下の偏愛はスケールが
大きすぎますっ！
フェアリーキス
NOW ON SALE
公爵家に捨てられ、庭師のもとで育った少女レイ。庭師見習いの少年として素性を隠して生活する彼女の趣味は、理想の白薔薇を育てること。そんなある日、気まぐれで傲慢と噂の竜帝ノヴァにレイの薔薇が気に入られ、「私の花係《もの》になれ」と直々に告げられる。絶対に身バレしたくないレイは咄嗟に断るが——「必ず諾と言わせてみせる。覚悟をしておけ」そこからノヴァの怒涛の、でもちょっと斜め上なアプローチが始まり!?
フェアリーキス
ピンク
fairy kiss
Jパブリッシング　https://www.j-publishing.co.jp/fairykiss/　定価：1430円（税込）

悪役令嬢が推しを
攻略していました。
仕方ないので
諦めて
自由に
生きようと思います。
Saki Tsukigami
月神サキ
Illustration
ウエハラ蜂
ゲームヒロインの私は
お呼びじゃないようです!?
フェアリーキス
NOW ON SALE
乙女ゲーのヒロインに転生したと気づいたら、すでに推しは攻略されてました……バッドエンドを回避したい悪役令嬢に。そんな現実に直面したローズベリー。こうなったら自由に生きようと決意するが、なぜか攻略キャラでない国王エリックに口説かれてしまう。彼は将来軍事同盟のため政略結婚しなければいけない。優しい彼に心揺れるが、なぜか悪役令嬢までもが本命はエリックと言って!?
恋を取るか、国のために引くべきか、それとも?
フェアリーキス
ピュア
F fairy kiss
Jパブリッシング　https://www.j-publishing.co.jp/fairykiss/　定価：1430円（税込）

婚約破棄が目標です!
ちぶれ令嬢ですがモフモフを
愛でたいのでほっといてください
夏目みや
Miya Natsume
一原ロコ
illustration
フェアリーキス
NOW ON SALE
モフモフたちの後押しを受けて、
この窮地を乗り越えてみせます！
叔父一家に屋敷を乗っ取られ、結婚までさせられそうなアステル。こうなったら動物看護師だった前世の知識を使いペットサロンを開業して自立しよう！　支援者となってくれたのは侯爵家の嫡男ラウル。いかめしく威圧感たっぷりな彼は実はツンデレ。ブサかわ犬やお喋りオウム、お転婆にゃんこたちに囲まれるうち、あれ？モフモフにいじられて楽しそう？　動物たちの後押しで二人の距離は近づいていく。しかし従妹と婚約者が何かと邪魔をして!?
フェアリーキス
ピュア
fairy kiss
Jパブリッシング　https://www.j-publishing.co.jp/fairykiss/　定価：1430円（税込）

最下位魔女の私が、何故か一位の騎士様に選ばれまして1

著者　シロヒ

2024年2月5日　初版発行

発行人　藤居幸嗣

発行所　株式会社 J パブリッシング
〒102-0073　東京都千代田区九段北3-2-5 5F
TEL 03-3288-7907　FAX 03-3288-7880

製版所　株式会社サンシン企画

印刷所　中央精版印刷株式会社

ISBN：978-4-86669-641-6
Printed in JAPAN